KB104633

라스트 러브

라스트 러브

조우리 소설

차례

I

절대로 잊어버릴 수 없는 것들이 있다,
이 춤처럼

8년이다. 8년 동안 같은 춤을 추었다. 같은 노래에 맞춰서, 같은 동작을 했다. 길었다. 정말 길었다고 다인은 생각했다. 열다섯살에 처음 이 노래를 알았고, 노래에 맞춰 자신이 만든 동작들로 춤을 추었다. 그때는 이렇게 오래 이 춤을 추게 될 줄은 몰랐다. 사실은 딱 한번이라고 생각했다. 처음이자 마지막일 거라고 생각하며 춤을 추었던 날을 다인은 마치 어제처럼 기억한다.

준희에게 보여주겠다고 했다. 춤을 추는 자신을 지켜볼 첫번째 타인으로 준희를 선택했다. 준희의 방이었고, 둘다 교복을 입고 있었다. 봄에서 여름으로 계절이 흐르던 날의 늦은 오후였다. 서향의 창으로 들어온 노을이 환하게 방을 비추고 있었다. 창을 등지고 춤을 추는 다인에게 준희는 말했다. "네 뒤에 조명이 비추고 있는 것 같아. 그런 무대 같아." 다인은 붉게 물들어가는 준희의 얼굴을 보며, 노래를 흥얼거리는 준희의 목소리를 들으며 춤을 추었다. 춤이 끝나자 준희는 앉아 있던 자리에서 일어나 박수를 쳤다. 다인은 그 박수 소리가 자신의 뛰는 심장 소리와 같은 박자라고 생각했다. 그래서 기뻤다.

그날 준희는 춤을 추는 다인을 휴대폰으로 찍었다. 그리고 동영상 제목을 '다인의 첫번째 콘서트'라고 붙였다.

그날로부터 8년이 흘렀다. 스물세살이 된 다인은 아이돌 걸그룹 제로캐럿의 멤버로 첫 단독 콘서트를 아홉시간 앞두고 있었다. 데뷔 5주년을 기념하는 콘서트였다. 콘서트 오프닝 무대에서 다인은 이 춤을 출 것이다. 그리고 정말 마지막이다. 더이상은 추지 않을 것이다. 절대로. 다인은 다짐했다. '나는 이 결정을 선택했다'고.

다인, 루비나, 지유, 재키, 준의 다섯 멤버로 데뷔한 제로캐럿은 3년차에 지유와 재키가 탈퇴하고 새 멤버 마린을 영입했다. 김다인, 이수빈, 이지은, 홍재영, 송준희. 팬들은 지유와 재키가 없는 무대를 향해 다섯명의 이름을 불렀다. 일부러 자신의 이름을 부르지 않는 사람들과 눈을 맞추면서 마린은 환하게 웃었고 여러번 객석을 향해 윙크했다. 다인은 마린과 엇갈려 무대 중앙으로 나설 때마다 자신의 사진을 들고 있는 사람들이 마린을 향해 침묵하는 것을 보았다. 열렬한 환호와 대비되는 차가운 침묵. 마린은 대수롭지 않다는 듯이 말했다. "왜 꼭 본명을 부를까. 늘 이해할 수가 없더라고. 군이 이름을 지었는데 말이야." 다인은 마린에게 위로처럼 느껴지지 않는 위로를, 잠시 함께 웃을 수 있는 시시한 농담 같은 것을 해주고 싶었지만 마땅한 말이 생각나지 않았다. 말을 고르는 사이에 시간은 흘렀다. 언젠가부터 객석에서는 네 사람의 이름이 들려왔다. 김다인, 이수빈, 최마린, 송준희. 마치 처음부터 그랬던 것처럼, 아무런 망설임이 없는 목소리들.

하지만 이제 그 이름들이 나란히 불릴 날은 얼마 남지 않았다.

멤버들 중에서 다인만이 알고 있었다. 제로캐럿의 첫 단독 콘서트는 마지막 콘서트가 될 것이다. 제로캐럿에게 다음 무대는 없다. 그리고 다인과 마린만이 회사에 남는다. 다른 멤버들에 대한 계약을 회사는 연장하지 않는다. 제로캐럿의 이름과 함께, 루비나와 준의 이름도 사라질 것이다. 그런 선택이 있다.

"콘서트 오프닝은 다인이 춤으로 하자. 그건 해야지." 김실장은 두시간짜리 콘서트를 종이 한장으로 설명했다. 데뷔 후 제로캐럿이 발표했던 모든 노래가 무대에 오를 예정이었다. 5년의 시간은 스물일곱 곡으로 정리되었다. "너희들도 하고 싶은 거 하나씩 해봐. 첫 콘서트인데 하고 싶은 거 다 해봐야지. 그래야 아쉬운 게 없지." 루비나는 준과 함께 듀엣 퍼포먼스를 준비하겠다고 했다. 마린은 자작곡을 발표하고 싶다고 했다. 앵콜곡으로는 데뷔곡을 부르기로 했다.

아쉬움. 그 말을 다인은 계속 곱씹었다. 아쉽다는 건 다음이 없어서 생기는 마음이겠지. 다음에 할 수 없는 말, 다음에 볼 수 없는 얼굴, 다음에 전할 수 없는 마음.

지유와 재키의 탈퇴가 발표되던 날도 다인은 이 춤을 추고 있었다. 라디오 공개방송 현장이었다. 진행자가 말했다. "다인씨, 그 유명한 춤 있잖아요. 다인씨를 지금의 다인씨가 되도록 해준 춤. 그거 한번 보여주시죠." 진행자의 말이 다 끝나기도 전에 객석에 있던 사람들이 박수를 쳤다. "라디오인데, 춤을 추나요?"라고 묻지 못했다. 누군가 박수가 끝나는 때에 맞춰 다인의 이름을 크게 불렀기 때문에. 순간적으로 그쪽을 쳐다보니 다인의 이름이 적힌 피켓이 흔들리고 있었다. "팬 분들도 원하시네요. 보여주실 거죠?" 다인의 대답을 기다리지 않고 노래가 시작되었다. 정말 이 춤을 몇번이고 보고 싶은 거죠? 계속, 계속 보고 싶은 거죠? 정말이죠? 다인은 그런 말 대신 몸을 움직였다. 춤을 췄다.

"그리고 그게 끝이야. 제로캐럿은 끝이야." 김실장이 말했다. 멤버들이 연습실로 향하고 다인과 둘만 남은 회의실에서였다. 데뷔 날짜를 기준으로 5년. 계약서에 적혀 있다고 했다. "최대, 이게 최대거든. 버틸 만큼 버텼다는 거지." 김실장은 앞으로의 계획이라며 이런저런 서류를 보여주었다. 다인은 드라마에 출연할 것이고, 그 드라마의 주제곡도 부를 것이다. 그뒤에는 영화를 찍고, 운이 좋다면 그다음에도 또 영화를 찍고, 그런 이야기들. 다인은 재계약 서류에 서명했다. 김다인. 이름 석자가 새삼 낯설었다. 팬들에게 사인해줄 때에는 항상 '다인'이라고 적었다. 제로캐럿의 다인. 하지만 이제 계약을 연장하는 것은 김다인이다. 루비나와 준의 계약은 만료된다. 연장되지 않는다. 제로캐럿도 연장되지 않는다.

다인은 생각했다. 이제는 춤을 추라고 말하는 사람들, 제로캐럿의 다인을 있게 한 춤을 추라고 말하는 사람들에게 곤란하다는 표정을 지으면서 거절할 수 있다. 제로캐럿은 끝났으니까. 콘서트라는 무대는, 데뷔 5주년이라는 날은, 마지막으로 춤을 추기에 무척이나 적당하다. 무대

앞에는 제로캐럿을 연호하는 수많은 사람들을 두고, 조명을 받으면서. 무대 뒤편에는 아무것도 모르는 멤버들을 두고, 환호를 들으면서.

이런 날이 오리라는 걸 모르지 않았다. 다들 그렇겠지. 어쩌면 짐작하고 있지 않을까. 굳이 말하지 않아도. 이렇게 모르는 척하고 있어도.

다인은 지유와 재키가 팀을 탈퇴한다는 회사의 발표를 인터넷 기사로 알게 되었다. 바로 그날 아침까지도 제로캐럿 다섯명은 공동생활을 하는 숙소에 함께 있었다. 데뷔 후 늘 그래왔듯이 정해진 시각에 거실 테이블에 모여 앉아 샐러드 도시락을 먹었다. 같은 방을 쓰는 지유와 재키가 조금 늦게 거실로 나오긴 했지만 특별할 것이 없는 아침이었다. 그저 조금 조용한 아침이었다. 이상하게 대화가 없는 아침이었다. 무슨 일이 곧 벌어질 것 같은 아침이었다. 다시 생각할수록 그랬다. 다인은 그날 자신이 했던 말을 잊지 못한다. "무슨 일 있어?" 그렇게 물었다. 루비나는 지유를 물끄러미 바라보았고, 지유는 가만히 입을 다문 채로 삶은 달걀의 흰자와 노른자를 분리하고 있었다. "무슨 일 있어?" 지유에게 묻자 재키가 대신 대답했다. "별일 없어. 아무 일도 없어." 지유가 그 말을 따라 했다. "아무 일도 없어." 다인은 지유 옆에 앉은 준이 지유의 등을 손으로 천천히 쓸어주는 것을 보았다. 우는 아이를 달래듯이.

왜 항상 그 순서였을까. "안녕하세요, 제로캐럿입니다." 다 같이 인사한 뒤에는 그렇게 하지 않으면 안 되는 것처럼 순서를 지켰다. "제로캐럿의 다인입니다." "제로캐럿의 루비나입니다." "제로캐럿의 지유입니다." "제로캐럿의 재키입니다." "제로캐럿의 준입니다." 데뷔한 뒤로 줄곧 그렇게 말해왔다. 무대 위에서는 언제나 왼쪽에서 오른쪽으로 차례를 지켜 일렬로 섰고, 인터뷰를 할 때면 마이크를 꼭 그 순서대로만 넘겼다. 버릇이 되어 무대 밖에서도 꼭 그 순서를 지켰다. 이동을 위해 회사 차량에 탈 때도, 식사를 주문할 때도, 숙소에서 함께 이야기를 할 때도. 지유와 재키가 탈퇴한 뒤로는 마린이 그 자리에 있었다.

"제로캐럿의 마린입니다." 마린이 인사를 하고 나면 준은 꼭 한박자 쉬고 인사를 이었다. 어떤 팬들은 그걸 준이 보내는 신호라고 생각했다.

준은 알고 있었을까. 지유와 재키가 탈퇴하게 되리라는 걸. 다른 세 멤버들보다 먼저 회사에 들어와 연습생 생활을 하고 있었기 때문에 지유와 재키의 계약서는 달랐다는 걸. 그래서 그날 무슨 일이 있느냐고 지유에게 물었던 다인의 얼굴을 한참 쳐다보았을까. 지유의 등에 손을 대고서. 준희야, 너는 알고 있었니?

그날 밤, 다인이 숙소에 도착했을 때는 아무도 없었다. 다인이 탈퇴 기사를 읽은 건 숙소로 오는 차 안에서였다. 운전을 하고 있던 매니저는 그렇게 되었으니 알아두라고 했다. 일이 그렇게 되었다고, 이미 그렇게 되었으니 알아두라고. "조심하고." 그렇게 덧붙였다. "뭘 조심해요?" 매니저는 한숨을 쉬었다. "그런 거. 그렇게 물어보는 거. 그런 걸 조심하라고. 넌 데뷔한 지가 언젠데 아직도 모르니?"

알 수가 없는데요. 뭐가 뭔지, 알아둘 수가 없는데요.

어떻게, 얼마나, 무엇을, 알아두고 있어야 할지 모르겠는데요.

노래는 끝났고, 다인은 춤을 멈췄다. 이 노래는 준희가 알려주었지. 열다섯의 김다인에게 송준희가. 연습실 스피커에서는 다음 노래가 흘러나왔다.

라스트 러브. 나는 너를 잊지 못하고 있어. 어제처럼 오늘도, 오늘처럼 내일도. 나는 너를 자꾸 생각하고 있어. 내일처럼 오늘도, 어제처럼 오늘도. 마이 라스트 러브. 라스트 러브. 제로캐럿의 데뷔곡 '라스트 러브'는 콘서트의 이름이기도 했다. 제로캐럿의 첫 단독 콘서트이자 마지막 콘서트가 될, 라스트 러브.

그동안 사랑해주신 팬 여러분, 저희 제로캐럿은 지난 5년간의 기억을 마음속에 소중히 간직하고 이제 새로운 길로 나아가려 합니다. 여러분이 주신 사랑 덕분에 저희가 여기까지 올 수 있었고, 이렇게 멋진 무대에서 벅찬 감동도 느낄 수 있었어요. 그 사실을 절대 잊지 않을게요. 어느 때, 어느 곳에서도 여러분을 기억하고 감사하며 살아

가겠습니다. 제로캐럿의 데뷔곡이자 여러분께 들려드리는 마지막 곡, 라스트 러브.

"함께 불러요." 다인은 그렇게 말하는 자신을 상상해보았다. 하지만 그런 말은 없을 것이다. 아무도 모르게 끝은 올 것이다. "이제 기다리지 말아요." 다인은 그 말을 하고 싶다고 생각했다. 진짜 하고 싶은 말은 그것뿐이라고.

종이 심장

파인캐럿

사랑에 막 아파본 적

누굴 진지하게 생각한 적도

난 처음이라 심각해

겉은 강한 척해보지만

내 심장은 종이 같아

네가 너무 좋아서 사실은 약간 겁이 나

f(x), '종이 심장'

송준희가 변한 건 이지은 때문이다.

한 문장으로 정리하고 나니 속이 후련하기도 하고 가슴이 답답하기도 하고 화가 나기도 했다. 간단히 말하면 눈물이 날 것 같았다. 마구 울고 싶었다. 하지만 나는 유니폼을 입고 있고 지금은 근무시간이다. 유통기한이 지난 우유들을 플라스틱 바구니에 담으면서 우는 아르바이트생은 아무래도 좀 이상하게 여겨질 것이다. 편의점 사장은 매일 CCTV에 찍힌 영상을 돌려본다. 분명 한 소리 할 것이다. "너 미쳤냐?"

미쳤냐고. 미쳤을지도 모르겠다. 너무도 사소한 것에 지극히 신경을 쓰는 내가 싫지만 멈출 수가 없다. 신상 도시락에 딸린 프로모션 요구르트를 손님이 챙기지 않고 가면 계산대 밑에 숨겨두었다가 이지은에게 주는 송준희, 유통기한이 지나 아르바이트생들의 몫으로 창고 안 냉장고에 보관하는 삼각김밥 중에서, 이지은이 좋아하는 참치마요네즈맛과 전주비빔밥맛을 챙기는 송준희. 나와 교대할 때에는 칼 같이 정해진 시간에 출근하면서 이지은과 교대할 때는 퇴근시간이 지났는데도 매대 청소까지 하는 송준희가 너무 싫다. 이지은이 아니라 송준희가 싫다. 이지은 때문에 변한 송준희가 싫다.

"다인아, 너 표정이 왜 그래?"

편의점 바깥에 놓인 파라솔 테이블 위를 정리하고 온 수빈 언니가 물었다. 눈물만 흘리지 않았을 뿐이지 우는 것과 다름없는 얼굴을 하고 있었다는 걸 그제야 깨달았다. 냉장고 유리문에 비친 내 얼굴이 또 너무 싫어서 진짜 눈물이 나왔다. 수빈 언니는 손에 들고 있던 컵라면 용기와 나무젓가락, 종이컵 들을 쓰레기통에 밀어넣고 나에게 다가왔다. 저거 다 분리수거해야 되는데. 컵라면 국물도 남아 있었던 거 같은데. 그런 걱정이 들다가 어차피 송준희가 할 거라고 생각하니 상관없어졌다.

"언니, 저 오늘 월급날인데 아직도 입금 안 됐어요."

"그래서 울었어? 그러지 마. 사장님 깜빡하시는 거 하루 이틀 아니잖아."

"하루 이틀씩 깜빡하는 게 아니라 하루 이틀씩 떼어먹는 거 같은데."

"퇴근하기 전에 내가 전화해볼게."

수빈 언니는 담뱃갑을 세고 나는 문화상품권을 세었다. 교대시간이 다가오면 하는 일들이었다. 유통기한이 지난 우유, 요구르트, 치즈, 삼각김밥, 도시락, 핫바를 챙겨 창고의 냉장고에 넣는 것. 빈자리에 새로 배달되어온 것들을 채우는 것. 파라솔 테이블을 치우고 전자레인지 안을 닦는 것. 계산대 뒤에 진열된 담뱃갑 개수가 계산대 기록과 맞는지 확인하는 것. 문화상품권, 연금복권, 즉석복권의 남은 수량을 파악하는 것. 계산대 안에 있는 오만원짜리 지폐를 봉투에 담아 금고 안에 넣는 것. 그런 일들을 하다보면 송준희가 올 것이다. 교대를 하러.

편의점 사장은 한 타임에 아르바이트생을 한명씩만 고용한다고 본사에 신고했다. 한 타임은 각각 여섯시간, 여덟시간, 열시간이었다. 나는 수빈 언니와 함께 여덟시간을 일했다. 수빈 언니의 월급은 본사에서 나왔고, 내 월급은 사장이 내 통장으로 보내줬다.

송준희는 원래 열시간을 혼자 일했다. 여섯시간만 본사에서 월급을 주고 나머지는 나처럼 사장이 준다고 했다. 그러다가 그 나머지 시간에 이지은이 일하게 됐다. 이지은의 월급도 본사에서 주었다. 그런데 송준희는 여섯시간을 일하고 나서도 퇴근하지 않고 이지은과 함께 편의점에 있었다. 처음에는 일을 가르쳐준다고, 인수인계 때문이라고 하더니 나중에는 그런 핑계도 대지 않았다. 그냥 계속 편의점에 있었다. 돈도 안 받으면서 시간을 보냈다.

내가 처음 일을 시작했을 때 일을 가르쳐준 것도 송준

희였다. 수빈 언니가 계산대를 지키는 동안 송준희는 나에게 과자를 정리하는 순서, 행사 광고지를 붙이는 요령, 쓰레기 분리수거를 편하게 할 수 있는 법을 가르쳐주었다. 친절했다. 다정했다. 나는 교대시간이 지나도 퇴근하지 않고 송준희와 함께 계산대에 나란히 서 있기도 했다. 우리는 CCTV의 사각지대에서 유통기한이 곧 지날 삼각김밥을 미리 먹기도 하고, 술에 취한 손님이 바닥에 뿌린 동전을 찾기 위해 힘을 합쳐 진열대를 들어 올리기도 했다. 송준희가 퇴근할 때까지 열시간 동안 함께 있는 날도 있었다. 집으로 가는 방향이 반대였는데도 송준희는 나를 데려다주었다. 우리는 길에서 아무렇게나 노래를 지어 불렀다.

그때 우리가 불렀던 노래를 다시 떠올려보려고 했지만 입속에서만 맴돌 뿐 멜로디가 이어지지 않았다. 우리가 그 노래를 정말 함께 불렀던가. 이른 아침을 시작하는 사람들이 새파란 거리를 빠르게 걸어가고, 우리는 버스가 지나가는 타이밍에 맞춰 목소리를 높였다. 정말 그랬나.

현실이었나. 그날의 기억은 사실 나의 꿈속에만 있는 게 아닐까. 엘리베이터를 타기 위해 아파트 복도에 나란히 서 있을 때, 불쑥 내 입술에 닿았던 송준희의 입술도 그저 내 상상이었을까.

그다음 날 편의점에서 다시 만났을 때, 우린 아무 일도 없던 것처럼 유니폼을 챙겨 입었으니까. 그게 뭐였냐고 나도 묻지 않았고, 그래서 어떻게 할지 송준희도 말하지 않았다. 그래도 이건 아니지. 아니잖아.

"안녕하세요!"

편의점 문을 열고 들어온 건 손님이 아니라 이지은이었다. 그리고 그뒤를 따라 송준희가 들어왔다.

"어서 와, 일찍 왔네."

수빈 언니가 둘에게 웃으며 대꾸했지만 나는 그쪽을 쳐다보지도 않았다.

"나 오늘 월급 받으면 그만둘 거야."

나도 모르게 그런 말이 나왔다.

"언니, 얼른 사장님한테 전화해줘요. 벌써 퇴근할 시간다 되어가잖아요."

괜히 수빈 언니를 재촉했다. 언니는 싫은 소리 없이 휴대폰을 가지러 창고로 갔다. 근무시간에는 휴대폰을 갖고 있을 수 없었다. 손님이 없던 어떤 날, 수빈 언니가 쭈그리고 앉아 휴대폰 게임을 하는 걸 유리벽 너머로 누군가 사진을 찍어서 본사 홈페이지에 올렸다. 그날 이후로 계산대 옆에는 '항상 웃는 얼굴로 손님을 맞이할 준비가 되어 있습니다'라는 말풍선과 함께, 편의점의 마스코트인 노란 고양이가 아르바이트생들이 입는 유니폼을 입고 두 손을 공손하게 모은 일러스트가 붙었다.

"다인아, 무슨 일 있어?"

"없는데."

이지은은 말을 놓으라고 한 적이 없는데 멋대로 저렇게 내 이름을 불렀다.

"아르바이트 그만두면 다른 일 하려고?"

"너랑 무슨 상관이야?"

나도 모르게 목소리가 커졌다. 송준희가 나에게는 아무

런 말도 없이 이지은의 어깨를 감쌌다. 그 모습이 꼭 편을 가르는 것 같았다. 둘이서는 같은 편, 나는 그 반대.

"그럼 내가 월급도 제대로 못 받으면서 여기 계속 있을 줄 알았어? 영원히 이렇게 있을 줄 알았어? 나는 그만두지 않을 줄 알았어? 그냥 계속 이렇게 살 줄 알았어? 다른 건 못할 줄 알았어?"

수빈 언니가 창고에서 뛰어 나왔다. 언니가 말리는데도 나는 계속 똑같은 말을 했다. 점점 목소리가 커졌고 눈물이 났다. 울면서도 자꾸 말했다. 사실 그건 이지은에게 하는 말이 아니라 송준희에게 하는 말이었다. 송준희가 이지은을 데리고 밖으로 나갔다.

"다인아, 많이 속상했어? 내가 사장님한테 말했어. 지금 바로 입금해주신다고 했어. 괜찮아, 울지 마."

수빈 언니가 내 등을 도닥여줬다. 나는 오만원짜리를 양손에 쥔 채로 울고 있었다. 금고에 넣어야 할 돈인데, 바닥에 던져버리고 싶었다.

"언니, 나 집에 갈래요."

수빈 언니에게 손에 들고 있던 돈을 건네주고 창고로 갔다. 유니폼을 벗어서 옷걸이에 걸었다. 이 유니폼을 이지은이 입을 것이다. 아르바이트생 유니폼은 두벌뿐이고, 나랑 이지은이 사이즈가 같으니까. 가방을 챙겨서 밖으로 나왔다. 계산대에는 수빈 언니 대신 송준희가 서 있었다.

"너 왜 그러는데?"

문을 열고 나오는데 등 뒤에서 송준희가 물었다. 나는 대답하지 않았다. 그걸 왜 모르지. 내가 왜 그러는지 송준희가 모른다는 게 너무 슬펐다.

가방에는 수빈 언니가 넣어두었을 유통기한이 지난 삼각김밥이 들어 있었다. 휴대폰은 배터리가 다 돼 전원이 꺼져 있었다. 은행에 들어가 기계에 체크카드를 넣었다. 월급은 입금되지 않았다. 빳빳한 종이 같던 내 마음이 한없이 구겨지고 있었다.

2

———

끝자리가 아홉인 나이는
왠지 신경이 쓰인다

스물아홉살이 되면서 루비나는 자주 아홉살과 열아홉살에 있었던 일들을 떠올렸다. 그렇게 자주는 아니고, 그냥 가끔씩. 그때마다 생각했다. 누가 알려주었더라, 아홉수라는 말을.

좋았던 일도 많았을 텐데 눈물을 많이 흘린 날들만 유독 생생했다. 이상하다. 딱히 억울한 마음이 드는 것도 아닌데. 오래도록 마음에 품어두었던 일들도 아닌데. 굳이 떠올려서 그런지.

아홉살에는 함께 살던 토끼가 죽었다. 루비나가 태어났

을 때 이미 식구였던 토끼는 토끼의 평균 수명을 생각하면 꽤 장수했다는 소리를 들었다. "토끼가 그렇게나 오래 살았다고? 대단하네. 대단해." 그런 말도 들었다. 하지만 아홉살은 평균 수명 같은 걸 가늠하며 위안을 삼을 수 있는 나이가 아니었다. 아니, 스물아홉이 된 지금도 그 말의 의미를 전혀 모르겠다. 죽었어야 하는데 살아 있다는 감탄 같은 걸 대체 왜 하는 거지. 그 계절 내내 죽은 토끼의 털색과 비슷한 섬유를 볼 때마다 울었다. 하필 겨울이어서 복슬복슬한 옷들이 많았다. 지나가는 사람의 코트자락 끝에 달린 털방울 장식을 붙잡고 울었다. 그거 토끼털 코트였을까. 진짜 토끼털이었을까.

그래도 뭐 그 정도는, 굳이 아홉수라고까지는. 루비나는 슬픈 날의 기억을 떠올리고 나면 과거를 떨치고 현실로 돌아오는 주문이라도 되는 것처럼 어깨를 으쓱 올렸다가 내렸다. 스물아홉살에 새로 생긴 버릇이었다. 종종 무대 위에 있다는 것도, 카메라가 자신을 촬영하고 있다는 것도, 수많은 사람들이 지켜보고 있다는 것도 잊고 어깨를 으쓱 올렸다가 내렸다. 루비나의 팬들은 새로 생긴 이 버릇이 마음에 든 모양이었다. 루비나의 어깨가 움직일라 치면 무수한 새들이 빠르게 날갯짓을 하는 듯한 셔터 소리가 났다. 어깨에 걸린 마법의 주문이 아니라 그 셔터 소리가 루비나를 스물아홉살의 현실로 다시 데려오곤 했다.

열아홉살에는 오디션을 봤다. 어떤 방에는 사람 대신 카메라와 스피커가 있었다. 스피커에서 나오는 목소리가 지시하는 대로 카메라 앞에서 여러 포즈를 취했다. "정면, 측면, 다시 정면. 앉았다가, 일어나, 한바퀴 돌아봐." 제식 훈련 같은 명령이었다. 어렵진 않았다. 루비나는 순순히 몸을 움직였다. 특별히 스타가 되고 싶은 건 아니었다. 그런 재능이 있는 것도 아니라고 생각했다. 그저 많은 사람들의 관심을 받고 싶었다. 아주 많은 사람들. 보이지 않을 때도 있고, 다 헤아릴 수도 없고, 그래서 결국은 잘 모르는, 아주 많은 사람들에게서 관심을 받고 싶었다. 열아홉살의 루비나는 관심이라는 단어가 호의와 같은 뜻이라고 생각했다. "카메라 앞으로 더 가까이. 가까이 와서 단추를 풀어봐." 루비나가 움직이지 않자 스피커에서 다시 한번 목소리가 흘러나왔다. "단추를 풀어. 전부 다."

 "언니, 사랑해요! 사랑해! 루비나! 이수빈, 사랑해!"

 연습실 전면거울 앞에서 혼자 안무 연습을 할 때에도 귓가에는 환호가 들렸다. 잠을 자기 위해 눈을 감으면 눈꺼풀 안쪽에서 모르는 사람들이 웅성거렸다. 그래, 이걸 원했지. 나는 이걸 원했어. 하지만 원했다고 해서 정말 다 감당해야 하는 걸까.

 작은 진주 단추가 아주 많았던 까만 원피스. 그 단추는 장식이었어. 중요한 건 지퍼였지. 루비나는 어깨를 으쓱 올렸다가 내렸다. 하지만 단추가 중요한 사람도 있겠지. 단추가 몇개 풀리는지가 너무나 중요한 사람이 있겠지. 루비나는 자신과 다른 욕망에 대해 인정하는 것이 어렵지 않은 사람이었다. 하지만 그렇다고 해서 풀고 싶지 않은 단추를 푸는 사람은 아니었다. 그건 다른 문제였다. 루비나는 그 방에서 나오는 걸 망설이지 않았다.

 제로캐럿으로 데뷔하기까지는 수많은 오디션이 있었

다. 데뷔한 건 순전히 운이 좋아서였다. 그렇다고 생각해왔다. 5인조 아이돌 걸그룹을 만들고 싶었던 신생 회사에는 연습생이 네명뿐이었다. 루비나는 오디션을 본 그 자리에서 이름을 받았다. "나쁘지 않네. 나쁘지 않아." 사장은 연습실에 있던 네명을 불러와서는 다섯명을 나란히 세워놓고 이리저리 서 있는 순서를 바꿔보라고 지시했다. "춤은 배우면 되고, 노래는 다른 애들이 잘하니까." 새 집에 가구를 배치하듯이, 화병에 꽃을 꽂듯이, 사장의 손짓에 따라 다섯명이 여러번 자리를 바꿨다. "아, 지금 좋네. 좋아. 그룹이란 건 조합이 중요하거든."

다인, 루비나, 지유, 재키, 준. 그렇게 다섯명의 조합이 결정되었다. 데뷔 직후의 인터뷰는 대부분 면접 같았다. 알아보려는 노력보다는 알아서 보여달라는 질문들이었다. "다른 멤버들보다 자신이 더 나은 점이 있다면?" "남들은 따라 할 수 없는 자신만의 매력은?" "팬들이 루비나를 주목해야 할 이유는?" 루비나는 적절한 대답을 찾지 못했다. 다른 멤버들의 대답을 곁눈질했지만 따라 할 수 없는 것들이었다. 다인은 춤을 잘 추는 걸로 데뷔 전부터 이름이 알려져 있었다. 루비나도 춤추는 다인의 동영상을 본 적이 있었다. 지유와 재키는 초등학생 때부터 여러 회사에서 연습생 생활을 해왔다. 이미 데뷔부터 은퇴까지 해본 듯한 여유로움과 노련함이 있었다. 어떤 질문에도 재치 있는 대답을 했다. 준은 천재였다. 루비나는 준을 천재라고 불렀다. 진심을 담은 감탄이었다. 데뷔곡 라스트러브는 준이 만든 노래였다.

오랜만에 그 노래를 부를 수 있겠네. 다섯시간 뒤에, 제로캐럿의 첫 단독 콘서트에서. 루비나는 준에게 문자메시지를 보냈다. '뭐 하고 있니?' 기다렸다는 듯이 전화가 걸려왔다.

"언니, 우리 듀엣곡 마지막 동작이 아무래도 걸려서. 그거 우리 둘이 위치를 서로 바꿔야 하지 않을까요?"

"연습실이었구나. 난 좋아."

"언니는 맨날 다 좋대. 리허설까지 다 끝낸 거 바꾸자는 소리거든요."

"응, 좋아. 연습실로 갈게."

준의 웃음소리가 들렸다. 아마 얼굴을 잔뜩 찡그리면서 웃고 있겠지. 루비나는 준의 그 얼굴이 좋았다. 무대 위에서는 보여주지 않는 얼굴이었다. 잠꼬대가 심한 다인이 잠결에도 또렷하게 "제로캐럿의 다인입니다" 하고 말하는 것이 좋았다. 마린이 물을 마실 때면 양 볼이 빵빵하게 부풀 때까지 가득 입안에 머금었다가 단번에 꿀꺽 삼키는 것이 좋았다. 지유가 잠들기 전에 머리를 땋는 뒷모습이, 재키가 이불 속에서 작게 우는 소리마저도 좋았다. 제로캐럿이 좋았다.

루비나가 대답을 망설이고 있으면 도움을 주겠다는 듯이 추가 질문이 들어왔다. "스물다섯살이 아이돌 걸그룹으로 데뷔하기에는 조금 늦은 나이잖아요?" 춤도, 노래도, 외모도 아니고 나이에 대한 질문이라니. 그런데 그 질문이 루비나의 캐릭터를 만들어주었다. 다른 멤버들은 모두 십대였다. 루비나는 동생들을 잘 챙겨주는 든든한 맏언니, 수없는 오디션 낙방에도 꿈에 도전한 성실한 사람으로 정리되었다. 팬들도 루비나의 캐릭터를 좋아했다. 그러면 됐지. 루비나는 데뷔 후 5년 동안 자신의 캐릭터에 최선을 다했다.

그리고 이제 이 캐릭터는 끝날 때가 된 것 같다. 루비나는 자신을 향하는 질문이 바뀌고 있다는 걸 느꼈다. "제로캐럿의 루비나가 아니었다면 스물아홉살의 이수빈은 어떤 삶을 살았을 것 같아요?" "만약 지금 사랑하는 사람이 있다면 가장 해주고 싶은 건 뭐예요?" "곧 서른이 되는데 걱정되거나 두렵지는 않나요?"

차라리 얼른 서른이 되면 좋겠는데. 어쩔 수 없이 그렇게 되었다는 것처럼. 더이상 피터팬을 따라갈 수 없는 웬디처럼, 마지막 페이지까지 다 읽은 책처럼. 원하지 않았던 것처럼 아쉬워하면서.

"준, 너는 서른이 되면 뭘 하고 싶니?"

"뜬금없이 무슨 소리예요."

"나 내일까지 보내야 하는 서면 인터뷰 답변지가 있는데 아직 대답을 못 정했거든. 그 질문이야. 서른이 되면 뭘 하고 싶은지."

"글쎄요. 서른에는 제가 뭘 더 할 수 있게 될까요. 이번에 콘서트 준비하면서 공연 전체를 직접 만들어보고 싶다는 생각이 들긴 했어요. 제로캐럿 두번째 콘서트는 제가 기획하면 멋지겠죠? 그런데 서른에 두번째 콘서트라니, 그건 너무 늦다. 한 다섯번째 콘서트 정도면 좋겠는데."

너는 더이상 할 수 없는 것보다는 새롭게 할 수 있는 걸 생각하는구나. 제로캐럿의 다섯번째 콘서트. 그 자리에도 여전히 내가 있을까. 루비나는 생각했다. 한곡의 노래에서 여덟마디 정도를 부르면서, 어렵지 않은 군무를 춘 뒤에는 다른 멤버의 독무를 위해 바닥에 주저앉으면서, 엔딩 포즈를 취할 때엔 멤버들보다 한발 뒤로 물러서면서. 그렇게라도, 계속, 제로캐럿의 루비나로 있을 수 있을까.

"그럼 만약에 제로캐럿이 아니었다면 넌 뭘 했을 것 같니?"

"언니, 이러다가 인터뷰 내가 대신 다 해주는 거 아니에요?"

"그럼 더 좋고."

"음, 영화를 봤는데, 주인공이 길에서 기타를 주워요. 고장 난 기타인 줄 알았는데 의외로 소리가 좋은 거예요. 그래서 혼자서 아무렇게나 기타를 막 치다보니까 노래를 만들어버린 거죠. 주인공은 기타를 들고 여행을 떠나는데 가는 곳마다 사람들이 주인공의 노래에 빠져들어요. 그렇게 살면 어떨까 싶더라고요. 낯선 곳에서 자기가 만든 노래를 부르고, 누군가가 들어주고. 그리고 더 낯선 곳으로 가고."

"네 팬들이 서운해하겠다. 계속 낯선 곳으로 간다고 하니까."

"그럴까요? 그래도 어쩔 수 없지, 뭐. 내 마음이 그러니까. 언니는요?"

"글쎄, 나는 뭘 하고 있으려나. 그냥 평범하게 살았겠지. 일하고, 돈 벌고, 돈 쓰고."

"그럼 언니가 만약 내 나이라면, 언니는 뭘 하고 싶어요?"

"스물셋?"

제로캐럿이 되었다면 좋았겠지. 스물세살에. 춤을 잘 추는 스물세살이면, 노래를 잘하는 스물세살이면, 하고 싶은 것을 할 줄 아는 스물세살이면 좋았겠지. 앞으로 내가 뭘 더 할 수 있게 될까 설레는 스물세살이면. 그러다가 루비나는 문득 서른아홉살에 대해 생각했다. 스물셋보다는 서른아홉에 신경이 쓰였다. 아무래도 끝자리가 아홉인 나이는 괜히 더 신경이 쓰인다니까.

FANCY

파인캐럿

괜찮아 조금도 난 겁나지 않아
더 세게 꼭 잡아 Take my hand

달콤한 초콜릿 아이스크림처럼 녹아버리는
지금 내 기분 So lovely

깜깜한 우주 속 가장 반짝이는 저 별
저 별 그 옆에 큰 네 별

거기 너 I fancy you 아무나 원하지 않아
Hey I love you
그래 너 I fancy you 꿈처럼 행복해도 돼
Cause I need you

트와이스, 'FANCY'

"쌤, 저 뭐 좀 물어봐도 돼요?"

"다음 주가 기말고사라는 것과 관련된 질문이라면."

"당연히 관련 있죠. 완전 관련 있어요."

수빈은 자신의 과외학생이 눈을 빛내며 하는 말을 믿지는 않았지만, 마침 수업이 끝나가는 시간이기도 하고 조금 피곤하기도 해서 마지못한 척 고개를 끄덕였다.

"그래, 얘기해."

"이거는 제 친구 얘긴데요."

저런. 수빈은 웃음을 터뜨릴 뻔했다. '친구 이야기' '아는 사람이 그러는데' '어디서 들은 얘긴데' 그런 말들은 너무 뻔한 도입부 아닌가. 사뭇 진지하게 목소리를 낮추는 것까지 너무 완벽했다.

"쌤! 듣고 계세요?"

"그래, 얘기해."

"제 친구가 어릴 때부터 친하게 지내는 친구가 있는데요. 그 친구한테 고백을 받았다는 거예요."

"이거 정말 기말고사랑 관련이 있긴 한 거야?"

"일단 들어보시면 무조건 관련이 있습니다."

수빈은 한번 속아주기로 했다. 두 주먹까지 불끈 쥔 준희의 처음 보는 모습이 귀엽기도 했다. 시험이 코앞인데도 연애 상담이라니. 아유, 풋풋하다, 풋풋해.

"그래, 계속해봐."

"제 친구가 그 친구랑 처음 만난 거는 중학교 때였는데…… 아, 이렇게 말하니까 너무 헷갈린다. 어차피 쌤은 모르는 애들이니까. 편하게 얘기할게요. 그래도 비밀이에요. 아셨죠?"

준희의 같은 반 친구인 지은은 창백해 보일 정도로 흰 피부에 길고 까만 생머리, 서늘한 눈매 때문에 어쩐지 다가가기 어려운 인상이라고 한다. 누가 말을 걸어도 서너 마디 이상 이어가기가 어려운 데다가 뭐가 좋다거나 뭐가 싫다거나 이야기하는 일이 잘 없고, 크게 웃는다거나 목소리를 높인다거나 하는 일도 없이, 분명 같은 교실에 같은 교복을 입고 앉아 있는데도 어딘지 다른 곳에 가 있는 것 같은 낯섦이 느껴지는 아이. 그런 지은과 유일하게 가깝게 지내는 아이가 재영이었다. 중학교 동창이라는 둘은 같은 아파트 단지에 살고 있기도 해서 거의 하루 종일 붙어 다녔다.

지은이 저 먼 벌판에 홀로 서 있는 기린 같은 느낌이라면, 재영은 굴 밖으로 고개를 내밀고 분주하게 주변을 살피는 미어캣 같은 아이였다. 잘 웃고, 잘 울었다. 창문으로 들어온 참새에게 설탕물을 먹이면서 안쓰럽다며 울었고, 자판기에서 음료수 캔이 세개나 나왔다며 하루 종일 신이 나서 자랑을 했다. 반 아이들 모두 재영을 좋아했다. 누군 지도 모르는 다른 반 아이에게 교과서며 체육복이며 잘도 빌려주고, 바닥에 떨어져 있는 볼펜을 주워 누구의 것인지 꼭 물어보는 아이. 안녕, 인사만 건네도 덥석 손을 잡아주는 아이. 그런 아이를 어떻게 미워할 수 있을까. 아이들은 쉬는 시간이면 재영의 곁으로 모여들었고, 재영은 한참 무리 속에서 어울려 시간을 보내다가도 "재영아" 하고 지은이 부르면 이제 집에 갈 시간이 되었다는 듯이 아쉬운 미소를 지으며 지은의 곁으로 갔다.

지은과 재영이 함께 있을 때는 마치 어떤 약속이라도 있는 것처럼 다른 아이들은 가까이 다가가지 않았는데, 그 불문율을 깨뜨린 것이 바로 준희였다.

"지은이가 마음이 여리고 낯을 좀 가려서 그렇지 아이들하고 어울리고 싶어하지 않는 건 아닌데. 걔가 그렇게 어렵나."

"그래?"

"근데 제가 사실은 지은이 고민 상담을 해주다가 친해진 거거든요."

"그 고민이 이번엔 정말 기말고사랑 관련된 고민이어야 내가 이 이야기를 계속 들을 텐데 말이다."

"아, 쌤!"

준희가 지은과 가까워지게 된 건 어느 체육시간이었다. 뭐든지 열심히 하는 준희는 실기 과제였던 배구 토스를 너무 열심히 연습한 나머지 손목을 삐어 양호실에 갔다. 얼른 파스 붙이고 다시 가야지. 팔꿈치를 좀더 가슴 쪽으로 붙여야 되나. 그런 생각을 하면서 양호실 문을 열었는데, 그 순간 눈물을 뚝뚝 흘리며 뛰쳐나오던 재영을 맞닥뜨린 것이다. 뭐라고 말을 붙일 틈도 없이 재영은 복도 끝으로 달려가버렸고, 양호실 안에는 양호선생님 대신 곤란한 표정의 지은이 있었다. 그러고 보니 지은과 재영이 체육시간 내내 보이질 않았었다. 어디가 아픈가. 준희는 대수롭지 않게 생각했다. 그런 성격이었다. 복잡하게 생각하지 못했다.

"너 혹시 뭐 들었니?"

"아니. 나 지금 왔는데."

"방금 그거, 어디 가서 얘기하지 마."

"그럴 생각 없어."

준희는 정말 그럴 생각이 없었다. 준희의 머릿속엔 완벽한 토스 자세에 대한 고찰뿐이었다. 아무래도 힘차게 공을 튕겨 올리려다가 과도한 힘이 들어가는 게 문제 같았다. 준희는 캐비닛에서 파스를 꺼냈다. 양 손목에 단단하게 둘러 감으려고 했는데 한 손으로 하려니 쉽지 않았다.

"나 이거 좀 도와줘."

지은은 별말 없이 준희가 건네는 파스를 받아들었다. 겉면에 적힌 설명서를 꼼꼼하게 읽고 나서야 포장을 뜯었다.

"아까는 내가 말을 좀 이상하게 해서 미안해. 너무 놀라서."

"괜찮아."

"저기…… 오늘 시험 본대?"

"아니, 오늘까진 연습. 다음에 본다던데."

"그럼 가지 말고 내 얘기 좀 들어주면 안 될까."

지은이 감아준 파스가 영 불편해서 준희는 다시 체육관으로 돌아가도 제대로 연습하기는 어려울 것 같았다. 그리고 울면서 나가버린 재영보다 지은이 훨씬 더 슬픈 표정이라고 생각했다.

지은이 들려준 이야기는 역시나 재영에 관한 것이었다. 사실 재영은 낯을 많이 가리고 사람들과 말하는 걸 어려워하는 편이었다고 한다. 외국에서 태어나 살다가 중학교 때 처음 한국에 들어왔는데 말이 서툰 탓에 아이들의 대화에 뒤늦게 끼어들거나 말실수를 하거나 하면서 미움을 사는 일도 있었다. 지은과 가까워진 것은 재영의 부모님이 같은 아파트에 살고 있는 지은에게 재영을 부탁했기 때문이었다. 여럿이 어울려 다니기보다는 혼자 시간을 보내는 걸 좋아하는 지은의 곁에 있으면서 재영은 조금 여유가 생겼다. 빨리 한마디라도 해야 한다는, 아이들이 웃을 때 꼭 같이 따라 웃어야 한다는, 룰렛처럼 돌아오는 순서를 놓치지 않고 아이들이 관심을 가질 만한 이야기를 꺼내야 한다는 강박으로부터 자유로워질 수 있었다. 꼭 한명, 한명만 기다려주면 되는 거였다.

"그렇게 같이 다니면서 재영이도 말이 늘고, 다른 친구들도 생기고, 많이 나아지는 거 같았대요."

"다행이네."

"그런데 자기는 다른 친구들하고 어울리면서 지은이가 그러면 싫어한다는 거예요."

"저런."

"쌤! 좀 성의 있게 들어주세요."

"나도 네가 이젠 성의 있게 기말고사와 관련된 이야기를 좀 꺼내줬음 좋겠는데."

"이제 나와요. 진짜요!"

준희는 지은의 부탁으로 지은과 재영 사이에 끼게 되었다. 그 단단하고 불공평한 결속을 깨줄 사람으로 왜 준희가 선택되었을까. 준희는 우연이라고 말했지만, 수빈은 이야기가 거기서부터 새롭게 시작된 것이라고 생각했다.

재영은 처음엔 준희를 경계했지만 곧 마음을 열었다. 준희는 속이 다 들여다보이는 애였고, 그 속에는 끈적이거나 축축한 것이 없었다. 그런데 막상 셋이 함께 있는 것이 자연스러워지니 지은이 이상해졌다.

일부러 준희가 알지 못하는 예전 일들을 꺼내서 재영과 둘만 한참 이야기를 하고, 따로 갈 곳이 있다며 인사도 하는 둥 마는 둥 급하게 재영을 데리고 교실을 빠져나갔다. 준희는 도무지 지은의 마음을 알 수가 없었다.

"네가 재영이라는 애랑 더 친하게 군 건 아니야?"

"더 친하고 덜 친하고 그런 게 어디 있어요. 그냥 같이 놀았는데."

"그러니까 지은이랑 더 친한 것도 아니라는 거지?"

"쌤은 지은이가 왜 그러는지 알 것 같으세요?"

"글쎄."

알 것도 같고 아닌 것도 같았다. 아무래도 질투 같은데, 어느 쪽인지. 수빈은 딱히 이런 쪽으로 촉이 좋은 편은 아니었다. 둔한 편에 가까웠다. 누가 티를 내며 자기를 한참 좋아해도 알지 못했고, 가깝게 지내던 대학 동기들이 사귀다가 헤어졌다가 다시 사귀는 동안에도 전혀 몰랐다.

"지은이가 널 좋아하는 게 아닐까?"

"에이 그건 아닌데……"

"물어봤어?"

"물어볼 필요도 없이 아니에요."

"그건 그렇고. 기말고사 얘기는 네가 벌써 했는데 내가 놓친 거니?"

"지금 하려고 했어요. 사실은 기말고사 끝나고 셋이서 놀러 가기로 했거든요. 근데 재영이가 그날 저한테 나오지 말아달라고 하더라고요. 지은이한테는 비밀로 하고."

"오, 재영이가 지은이한테 고백하는 거야?"

"아뇨. 지은이가요."

"이잉?"

너무 바보 같은 소리를 냈다. 수빈은 자기도 모르게 손으로 입을 가렸다. 준희가 웃음을 터뜨렸다.

"쌤, 그거 무슨 소리예요?"

"아무 소리 아니거든."

"아무 소리 아닌 거 아니던데. 내가 다 들었는데."

"됐고, 그게 기말고사 얘기라고?"

"기말고사랑 관련 있기는 하잖아요. 쌤 저 그날 나갈까요, 말까요?"

"나가려고 했단 말이야?"

"역시. 안 나가는 게 맞겠죠?"

수빈은 당했다는 생각이 들었다. 이미 수업이 끝나도 진즉에 끝났을 시각이었다. 준희에게 말려서 시간 가는 줄도 모르고 한참 수다를 떨고 있었던 것이다.

"네 맘대로 해라. 우선 기말고사 준비나 하고. 난 간다."

"쌤, 늦었는데 버스정류장까지 데려다드릴까요?"

"됐습니다."

"편의점 가는 길에 데려다드릴게요."

준희가 냉큼 수빈의 가방을 챙겨 들었다.

거부할 수 없이 여름이었다. 후덥지근한 공기가 걸음마다 몸에 감겼다. 고무 슬리퍼를 신은 준희가 따각 따각 발소리를 내며 수빈의 옆을 따라 걸었다.

"난 지은이가 널 좋아하는 줄 알았는데."

"엑? 완전 아닌데요?"

"그럼 너한테 왜 같이 다니자고 한 거야?"

"글쎄요. 질투 작전 같은 거 아니었을까요?"

그쪽이었나. 이번에도 틀렸구나, 언제쯤 촉을 잘 세워보려나. 수빈은 문득 자신이 한심해져서 한숨을 길게 내쉬었다.

"왜 그러세요, 쌤?"

"그냥, 내가 참 이런 걸 모르는구나 싶어서."

"에이, 쌤이 모르는 게 이거뿐인가요."

"뭐?"

"제가 쌤 좋아하는 것도 모르시잖아요."

준희의 발소리가 따각 따각 따각 빠르게 멀어졌다. 망연한 표정의 수빈을 남겨두고.

3

———

과거형은 언제나 애틋하다

파인캐럿은 제로캐럿의 팬들 사이에서 재키의 팬으로 유명했다. 재키의 사진을 직접 찍어 올리는 웹사이트를 운영했고, 그곳에 재키를 주인공으로 한 80부작 장편 팬픽도 연재했다. 재키가 직접 제로캐럿의 공식 홈페이지를 통해 파인캐럿에게 메시지를 보낸 적도 있었다.

그날은 데뷔하고 처음 맞은 재키의 생일이었다. 파인캐럿은 직접 찍은 재키의 사진으로 만든 사진집과 재키에게 바치는 헌시로 채워진 노트, 유명 브랜드의 목걸이를 선물했다. 재키는 공식 홈페이지에 자신의 사진과 함께 메시지를 올렸다. '언제나 고마워요, 파인캐럿. 사랑을 담아, 재키.' 사진 속 재키는 파인캐럿이 선물한 목걸이를 하고 사진집과 노트를 품에 안고 있었다. 제로캐럿의 팬들이 익명으로 모인 인터넷 게시판에는 파인캐럿에 대한 날카로운 질투의 말들이 쏟아졌다. '지가 뭐라도 되는 줄 알겠네.' '꼭 저런 것들이 나중에 보면 문제 일으키던데.' '재키도 정신 차려야지, 다른 팬들은 뭐가 되냐.'

재키는 제로캐럿에서 가장 인기가 적은 멤버였고, 재키가 팬으로부터 받은 생일선물은, 알려진 바로는 파인캐럿이 준 것이 유일했다. 파인캐럿에게 보낸 재키의 메시지는 곧 삭제되었다. 대신 회사에서 준비해준 생일 케이크를 앞에 두고 웃고 있는 사진과 함께 새로운 메시지가 등록되었다. '고마워요, 여러분. 사랑을 담아, 재키.' 파인캐럿은 다행이라고 생각했다. 그리고 그다음 해 재키의 생일에는 다른 팬들과 함께 돈을 모아 3단 케이크와 손목시계, 선글라스, 향수를 준비했다. 선물을 전달하며 제로캐럿의 소속사 사무실 주차장에서 간소한 생일파티도 열 수 있었다. 파인캐럿은 재키에게 생일 축하 노래를 불러줄 수 있다는 사실이 기뻤다.

하지만 세번째 생일을 챙기기 전에 재키는 제로캐럿을 탈퇴했다.

제일 좋아하는 멤버가 탈퇴했는데도 여전히 그룹의 팬으로 남아 있는 것은 의리 때문만은 아니었다. 파인캐럿은 재키의 팬이었지만 또한 제로캐럿의 팬이기도 했다. 재키가 탈퇴한 이후 발표된 노래를 들으며 재키가 있었다면 어느 부분을 불렀을까, 어떤 안무를 맡았을까, 의상은 뭘 입었을까 생각하면 조금 쓸쓸했지만 재키가 없는 제로캐럿을 싫어하진 않았다. 앨범을 사고, 사인회에 갔다. 순위 프로그램마다 유료 문자메시지를 챙겨 보내며 제로캐럿에게 투표했다. 재키의 사진을 올리던 사이트는 폐쇄했지만 제로캐럿의 팬들이 모이는 게시판에 가끔 팬픽을 올렸다. 팬픽에는 여전히 재키가 등장했다.

파인캐럿은 제로캐럿이 처음 데뷔하던 날을 5년이 지난 지금도 생생히 기억했다. 토요일 오후에 방송하는 음악 프로그램에서 제로캐럿은 두번째 순서로 무대에 올랐다. 애매한 그룹이라고 생각했다. 노래는 나쁘지 않은데 그렇다고 해서 강렬하게 끌리는 부분이 있는 것도 아니었다. 가사도 평범하고 안무도 무난했다. 낯설어 충격을 줄 정도로 독특한 콘셉트도 아니었고 눈에 확 띄는 외모를 가진 멤버도 없었다. 무대가 끝나고 진행자가 덧붙인 말로 몇년 전 유명했던 댄스 동영상의 주인공이 멤버 중 한 명이라는 걸 알았다. 그렇구나. 그렇게 생각했다. 그런 애들이 나왔구나. 하루에 한 팀씩 새로운 팀이 나와서 일년 내내 데뷔 무대가 있다는데. 또 새로운 팀이 생겼구나. 그날 음악 프로그램에는 열아홉 팀이 출연했다. 제로캐럿은 데뷔곡 라스트 러브를 4분짜리 원곡에서 1분 30초로 줄여서 불렀다.

제로캐럿은 일요일 오후에 방송하는 음악 프로그램에도 출연했다. 제로캐럿은 이날도 두번째 순서로 무대에 올랐다. 일요일 음악 프로그램에는 열다섯 팀이 출연했고 덕분에 제로캐럿은 라스트 러브를 4분 동안 부를 수 있었다. 1분 30초에서는 볼 수 없었던 군무가 있었다. 다섯 명의 멤버가 서로를 축으로 제각각의 원을 그리는 안무는 파인캐럿의 눈을 사로잡았다. "조합이 괜찮네, 괜찮아." 파인캐럿은 텔레비전 앞으로 바짝 다가앉았다. 카메라는 공중에서 수직으로 무대를 촬영했다. "그래, 여기가 카메라를 또 잘 잡지." 파인캐럿은 멤버들의 머리카락과 옷자락이 만드는 궤적이 마음에 들었다. 그중에서도 한 멤버의 손짓이 유독 섬세하다고 생각했다. 재키였다.

언제나 좋아하는 아이돌이 있었다. 텔레비전이라는 걸 처음 보았을 때부터 그랬던 것 같다. 파인캐럿은 지금껏 자신이 좋아했던 얼굴들을 하나하나 떠올려보길 즐겼다. 처음 방송국 앞으로 얼굴을 보러 갔던 아이돌, 처음 팬클럽에 가입했던 아이돌, 처음 콘서트를 보러 갔던 아이돌. 보고 있으면 괜히 웃음이 나고 그 순간엔 다른 건 아무래도 상관없었던 얼굴들. 이제는 볼 수 없는 얼굴들. 다시는 만날 수 없는 얼굴들. 영원히 돌아갈 수 없는 얼굴들. 그 짧은 순간, 그래서 너무나 생생한 순간, 그때의 마음.

춤은 다인, 노래는 준, 외모는 지유, 성격은 루비나, 그리고 재키. 팬들 사이의 인기 순위에서 재키는 언제나 마지막이었다. 그게 속상하지는 않았다. 누군가는 마지막을 맡아야 하니까. 파인캐럿은 제로캐럿 이전에 좋아했던 그룹에서도 언제나 가장 인기가 적은 멤버를 좋아했다. 그런 취향인가보다. 늘 마지막을 고르는 취향. 그래도 데뷔를 한 멤버를 좋아하는 것이니 아주 유난한 취향은 아니라고 생각했다. 파인캐럿은 7년 동안 데뷔하지 못한 연습생의 팬을 알고 있었다.

그 연습생은 매번 데뷔 멤버에 발탁되었다가도 무슨 이유 때문인지 무대에는 오르지 못했다. 그렇게 이름도 없이 머물렀던 팀이 다섯이나 되었다. 그 다섯 팀이 모두 성공한 것은 아니었지만 그중 두 팀은 해외 투어 콘서트를 다닐 정도로 활발하게 활동했다. 연습생의 팬은 연습실로 팬레터를 보내면서 비타민이나 홍삼액 같은 걸 함께 보냈고 나중에는 운동화와 트레이닝복, 캡모자를 보내기도 했다. 연습생은 매번 무척이나 고마워하며 그것들을 받았는데 딱 한번 받지 않고 돌려보낸 선물이 있었다. 십만원이 충전된 교통카드였다.

"차라리 돈을 보내고 싶어. 입금을 하고 싶다. 내 선물 같은 거 받지 말고 돈을 벌면 좋겠어." 연습생의 팬은 그가 데뷔하면 앨범을 천장 사고서 팬을 그만두겠다고 했다. 하지만 7년 동안 그런 일은 일어나지 않았고, 연습생은 여전히 연습실에 있었다. 연습생의 팬도 여전히 그에게 선물을 보냈다. 그리고 그를 주인공으로 한 팬픽을 매일 썼는데, 그는 재벌 2세이거나 벤처기업의 젊은 사장이거나 왕이거나 신이었다.

재키는 제로캐럿을 탈퇴하고 일주일이 되지 않아 출국했다. 부모님이 살고 있는 나라로 갔다고 보도되었다. 연예계로는 돌아오지 않을 것이며, 학교를 다닐 것이고, 긴 휴식이 필요할 거라고. 함께 탈퇴한 지유는 다른 회사와 계약을 하고 배우로 활동을 한다고 발표되었다. 어릴 때부터의 꿈이라고 했다. 의외였다. 파인캐럿은 제로캐럿이 발표한 모든 뮤직비디오를 한 장면도 빠짐없이 기억하고 있었지만 지유가 연기라고 할 만한 것을 한 적은 없었다.

지유는 사악한 음모에 휘말려 어린 시절에 헤어진 자매가 서로를 알아보지 못한 채 사랑의 라이벌로 만나는 드라마에서 자매 중 언니의 회사 동료 역으로 배우 데뷔를 했다. 제로캐럿의 활동명 지유가 아닌 본명 이지은이 자막으로 올라갔다. 같은 시간대에 다른 방송사에서는 서로에게 첫사랑이었던 소꿉친구 두 사람이 사고에 휘말려 서로가 죽은 줄로만 알고 살다가 성인이 되어 운명적으로 재회하는 드라마가 방송되었는데, 그 소꿉친구 중 한 사람이 제로캐럿의 다인이었다.

제로캐럿의 팬들은, 이지은은 이제 지유가 아니기 때문에 다인이 출연하는 드라마의 시청률을 높이는 데에 힘을 써야 한다고 주장했다. 질 수 없다고 했다. 제로캐럿의 팬이자 지유의 팬이었던 사람들은 이지은을 위한 인터넷 게시판을 새로 만들었다. 파인캐럿은 재키가 연예계 활동을 하지 않아서 다행이라고 생각했다. 그래서 제로캐럿의 팬으로 남을 수 있었으니까. 만약 지유가 아닌 재키가 홍재영이라는 이름으로 그 드라마에 출연했다면. 그때도 파인 캐럿은 여전히 재키의 팬이면서 제로캐럿의 팬일 수 있었을까. 파인캐럿은 생각했다. 어려운 결정을 해야 할 바에야 차라리 선택의 순간이 오지 않는 것이 좋다고.

제로캐럿의 콘서트는 티켓 오픈 5분 만에 매진을 기록했다. 팬들은 알람을 맞추고, 회사에 휴가를 내고, 예행연습까지 하며 티켓을 구매했다. 파인캐럿도 마찬가지였다. 다행히 원하던 번호의 티켓을 구할 수 있었다. '콘서트 예매 성공!' 파인캐럿이 올린 글에는 빈정거리는 댓글들이 달렸다. '쟤 아직도 여기 있네.' '재키 탈퇴했으니까 다른 멤버로 갈아탔나?' '그렇게 유난을 떨더니 요즘은 누구한테 붙었어?' 파인캐럿은 함께 재키를 좋아했던, 팬미팅에서 만나서 재키의 새로운 헤어스타일에 대해 이야기하곤 했던 팬이 어느샌가 다인의 열성팬이 되어 있는 걸 보았다. 재키의 이름이 들어간 닉네임을 썼었는데 그 자리에 다인의 이름이 들어가 있었다. 그가 가장 열심히 파인캐럿을 비웃었다.

콘서트에 그 사람도 오겠지. 제로캐럿의 첫번째 콘서트니까. 많은 팬들이 오겠지. 데뷔하고 5년 동안 기다려온 순간이니까. 이제 세시간 남았다. 파인캐럿은 운동화를 신고 집을 나섰다. 가방에는 얼린 물이 담긴 병과 함께 초콜릿을 여러개 넣었다. 콘서트는 멋질 것이다. 오랜만에 데뷔곡도 들을 수 있을 것이고, 무대에서 선보인 적 없었던 노래들도 부르겠지. 팬들은 온 힘을 다해 환호할 것이고, 파인캐럿도 물론 그럴 것이다.

하지만 그곳에 재키는 없다. 파인캐럿은 재키가 탈퇴하고 난 뒤 처음으로 재키가 없는 제로캐럿이 아쉬웠다. 다인, 루비나, 지유, 재키, 준, 다섯명의 제로캐럿이 다시 보고 싶었다. 하지만 그런 일은 일어나지 않을 것이기 때문에 더욱 아름답게 그려진다는 것 역시도 잘 알고 있었다. "조합이 참 좋았지. 좋았어." 과거형은 언제나 애틋하다.

수채화

파인캐럿

마치 투명한 색깔로 촉촉이 스며와

서로에게 물들던 시간들 채워지던 사랑 빛

내 맘속 선명했던 사랑이

희미해지는 Color

나 홀로 이 어둠 속을 걸어

그토록 선명했던 우리 추억들은 이제

희미한 흑백처럼

태연, '수채화'

갑자기 내리는 비를 피해 손에 닿는 문을 열었다. 레스토랑이나 까페일 것이라 짐작했는데 예상 밖의 적막 속으로 들어서게 됐다. 음악은커녕 인기척조차 없는 공간은 갤러리였다. 작은 탁자 위에 방명록과 팸플릿이 놓여 있었다. '송준희 작가 첫번째 개인전. 무료 입장. 관람 후 소감을 남겨주세요.' 마린은 머리카락에 맺힌 물기를 털어내며 갤러리 안을 둘러보았다. 제자리에서 고개를 몇번 돌리는 것만으로 가늠이 되는 아담한 공간이었다. 흰 벽에는 어렵지 않게 품에 안을 수 있을 크기의 그림들이 총

총히 걸려 있었다.

팸플릿을 하나 집어 들고 갤러리 안을 둘러보았다. '송준희 작가의 첫번째 개인전에는 총 서른점의 그림이 전시된다. 작품은 모두 작품명 없이 전시되며, 전시장은 감상을 방해하지 않기 위해 작품 외의 요소를 최소한으로 제한한다. 작품은 아직 완성되지 않았으며, 관람객들의 감상이 추후 작품의 완성에 도움을 줄 것이다. 작품명도 완성과 함께 결정된다. 송준희 작가는 이러한 시도에 대해 자신의 작품 활동이 누군가와 나누는 대화의 과정이자 결과가 되었으면 한다고 밝혔다.' 팸플릿을 눈으로 훑으며 걷던 마린의 눈을 사로잡은 것은 갤러리 중앙에 걸린 그림이었다.

다른 그림들은 연작으로 보이는 서너점끼리 나란히 벽에 걸려 있었는데, 중앙의 그림만이 홀로 한장이었다. 처음에는 초원에 무수히 피어난 노란 꽃들이라고 생각했다. 가까이 다가가니 노란 원피스를 입고 연둣빛 소파에 앉은 여자였다. 마린은 그 얼굴이 어쩐지 낯익다고 생각하며 한참을 바라보았다. 바깥의 빗소리 때문인지 그림 속 풍경에도 비가 내리는 것 같았다.

비는 쉽게 그칠 것 같지 않았다. 우산 없이 비를 만난 건 오랜만이었는데, 늘 가방 안에 작은 접이식 우산을 갖고 다녔기 때문이다. 우산뿐만이 아니라 마린의 가방엔 항상 많은 것들이 있었다. 아주 작게 접히는 선글라스, 건전지를 넣어서 쓰는 미니 선풍기, 일회용 마스크, 휴대용 물비누, 스프레이 소독제, 두께가 서로 다른 두장의 손수건, 포도당 사탕. 마린은 만약을 대비하는 일을 중요하게 생각하는 사람이었다. 예보에 없던 비가 내릴 때, 그늘 한점 없는 길을 오래 걸어야만 할 때, 사람으로 가득 찬 버스 안에서 흐르는 눈물을 멈출 수가 없을 때, 그렇게 갑자기 닥쳐오는 일들을 미리부터 알고 있었다는 듯이 가방을 열면서 통과하는 것에 안심하는 사람이었다.

다인을 닮았다고 생각했다. 아니다. 다인이 분명하다. 그렇게 결론을 내렸다. 마린의 눈에 그림 속 여자는 다인으로밖에는 보이지 않았다. 어째서 다인의 그림이 여기에 있지? 이 사람은 왜 다인을 그렸지? 마린은 팸플릿에 실린 송준희 작가의 사진을 들여다보았다. 당신이 어떻게 다인을 알지? 다인과는 무슨 사이지? 송준희 작가가 눈앞에 있다면 붙잡고 물어보고 싶었다. 아니면 당장 다인에게 전화라도 걸고 싶었다. 송준희라는 사람 알아? 그 사람이 널 그렸어. 문자메시지라도 보내볼까. 다인아, 나 물어볼 게 있는데……

하지만 그럴 수 없었다. 다인과는 일년을 미처 채우지 못하고 헤어졌다. 오랜 짝사랑에 비하면 싱거운 연애였다. 늘 가던 까페, 유명하다는 레스토랑, 사람들로 북적이는 극장, 서로의 집 근처 공원을 오갔다. 둘만의 여행은 가지 못했다. 마린의 생일이 지난 뒤에 연애를 시작해서 다인의 생일이 오기 전에 이별했다. 다섯통의 연애편지. 두개의 선물상자. 헤어지자는 말을 누가 먼저 꺼냈는지 기억나지 않지만 누구의 눈물도 없이 인사를 나누었던 것은 분명했다. 이별은 담담했는데 그뒤가 문제였다. 마린은 헤어진 다음 날 여전히 단축번호 1번에 저장된 다인의 휴대폰으로 전화를 걸었다. "내 우산, 네 가방에 있지?"

다인을 만난 건 동아리에서였다. 노래를 고르고 안무를 창작해서 길거리 공연을 하는 동아리였다. 다인은 마린보다 먼저 활동하고 있었다. 마린이 처음 연습실에 인사를 하러 갔던 날, 다인은 다음 날 있을 공연의 연습을 하고 있었다. 여덟명이 함께하는 합동 공연인데 다인 혼자만 연습을 하는 중이었다. 다른 사람들은 헤드폰을 끼고 노래를 듣거나, 한쪽에 담요를 덮고 누워 있거나, 휴대폰을 들여다보고 있었다. 그렇게 어수선한 연습실 안에서 다인은 홀로 스포트라이트를 받고 있었다. 그 빛이 마린에게 보였다.

다인은 미처 아무것도 준비하지 못한 사람 같았다. 그런데도 열심히 하려는 사람. 어떻게든 해보려고 애쓰는 사람. 눈앞에서 화분이 깨지면 맨손으로 그 조각을 줍는 사람. 거리낌 없이 흙을 만지고, 식물의 뿌리를 살피는 사람. 화분이 왜 깨졌는지, 화분 속 식물의 이름은 무엇인지, 화분은 누구의 것인지를 묻지 않는 사람. 마린은 다인이 좋았다. 처음 만났을 때부터 사랑에 빠졌다. 가방 안에 든 것을 다 내어주고 싶었다. 네가 바닥에 무릎을 꿇어야 할 때, 그 무릎 아래에 내 손수건을 펼쳐주고 싶어.

그런데 우리는 왜 헤어졌을까. 좋았잖아. 잘 지냈잖아. 그게 아니었나. 기억이 잘 나지 않았다. 처음으로 함께 먹었던 저녁식사 메뉴, 자주 가던 까페의 테이블 무늬, 다인에게 마지막으로 쓴 편지에 적었던 단어들, 서로 손을 잡을 때는 누구의 엄지손가락이 위에 있었는지, 키스할 때의 사소한 습관들은 무엇이었는지. 그런 것들이 하루하루 희미해졌다. 너무나 선명했던 것들이, 너무 날카롭게 생생해서 현실이 아닌 것처럼 느껴질 정도였던 것들이 이렇게 쉽게 희미해질 수 있다니. 점점 희미해지는 것들은 결국 잊히고 사라질 것이다. 그 상실이 두려워서, 인정할 수가 없어서, 마린은 새벽에 자꾸만 전화를 걸었다.

너도 기억하지? 아직 기억하지? 그때 우리, 그 영화 봤을 때. 팝콘 사려다가 줄이 너무 길어서 앞부분 조금 놓쳤던 영화 말이야. 네가 졸아서 내가 깨웠잖아. 극장에서 나오면서 같이 봤던 달이 예뻤잖아. 다음에는 더 늦게, 제일 늦은 시각에 시작하는 영화를 보자고 했잖아. 그날 네가 입었던 옷, 내가 골라준 거였잖아. 넌 그 옷이 마음에 들어서 다른 색도 사고 싶다고 했었잖아. 너도 생각나지? 나 오늘 그 극장 앞을 지나갔었어. 오늘은 달이 안 보이더라고. 그 극장 이제 콘소메 팝콘은 안 판대. 다른 극장 가야겠다. 그렇지?

"마린아."

"제발."

"그만해."

"그만해, 제발."

"부탁이야."

결국 다인을 울리고서야 마린은 다인에게 전화 거는 것을 멈췄다.

새 우산을 사지 않은 건, 아직 우산 손잡이의 모양을 기억하기 때문이었다. 마린을 집 앞까지 바래다준 다인이 돌아가려고 할 때 비가 내리기 시작했다. 마린은 가방에 있던 우산을 다인에게 건넸다. 그날 같이 거리를 걷다가 편의점에 들어가서 민트향 사탕을 샀었다. 버스를 놓쳐서 약속시간보다 늦게 도착했고, 기다리고 있던 다인에게 달려가 왼쪽 어깨에 매달렸다. 그날은 아직 우리 괜찮았지? 너 그때까진 날 사랑했잖아. 그래서 날 보고 웃었잖아. 우리 같이 웃었잖아.

"죄송하지만 이제 갤러리를 닫아야 할 시간이어서요."

마린은 가방에서 손수건을 꺼내 눈물을 닦았다. 오래 내릴 것 같았던 비는 그친 모양이었다.

"괜찮으시면 작품을 감상하신 소감을 남겨주시겠어요?"

마린은 방명록을 내미는 사람의 얼굴을 알아보았다. 팸플릿에서 보았던 송준희 작가였다. 혹시 다인이 지금 만나고 있는 사람일까. 아니면 이전에 만났던 사람일까. 당신도 길을 걸을 때는 다인의 왼쪽에서 걷나요? 다인이 파스타를 먹을 때면 포크를 제대로 돌리지 못해서 부끄러워한다는 걸 아나요? 당신은 혹시 나를 아나요? 다인이 내

이야기를 한 적이 있나요?

"저는 저 그림이 좋았어요."

"계속 보고 계셨던 그림이요?"

"네, 저 그림 속 여자가 제가 아는 사람하고 닮아서요."

"저 그림에서 여자를 보셨어요?"

예상하지 못했던 질문에 놀란 마린은 미처 대답도 하지 못한 채 다시 그림 앞으로 다가갔다. 연둣빛 찬란한 초원에 노란 꽃들이 무수히 피어 있는 그림이었다. 소파도, 여자도 없었다.

4

———

끝을 결정할 수 없는
마음이 있다

　제로캐럿의 첫번째 단독 콘서트가 열린다는 발표 후 몇 시간이 되지 않아 제로캐럿의 팬들이 모이는 인터넷 게시판에 글이 하나 올라왔다. '라스트 러브는 마지막 콘서트가 될 거야.' 댓글은 하나도 달리지 않았다. 그 글은 곧 운영자의 권한으로 삭제되었다. 삭제되기 전 그 글의 조회수는 금세 네자리에 이르렀지만, 게시판을 방문하는 팬들은 마치 그런 글은 본 적도 없다는 듯이 콘서트를 기대하는 글을 올렸다. '콘서트 이름 너무 좋아. 라스트 러브는 의미 있는 곡이잖아.' '데뷔곡이니까 역시 오프닝 아니

면 엔딩이겠지? 오랜만에 보는 거라 생각만 해도 떨린다.'
'오늘부터 전곡 가사 복습 들어갑니다.' '멤버들 솔로 무
대 당연히 하겠지.' '작년에 발표한 여름 스페셜 리메이크
이번에는 무대에서 볼 수 있는 건가요.' '무대는 제로캐럿
이 서는데 왜 내가 더 떨리냐.' '너도 그래? 나도!'

　며칠 뒤에 또다시 글이 올라왔다. '라스트 러브가 제로
캐럿 마지막 무대임. 진짜 마지막. 이제 더는 못 보는 마
지막.' 글은 삭제되었다. 이번에도 댓글은 없었다. 팬들도
알았다. 그런 글을 쓰는 사람도 팬이라는 걸. 불안해서 쓰
는 글이라는 걸. 무슨 헛소리야, 너 다른 그룹 팬이냐, 당
장 꺼져라, 이렇게 공격적인 댓글이 달리기를 바라고 쓰
는 글이라는 걸. 콘서트 날이 다가올수록 비슷한 내용의
글들이 늘어났다. 하루에도 여러개의 글이 등록되고 삭제
되었다. '이제 제로캐럿은 끝이야.' 삭제되는 글은 대부분
댓글이 없었지만 가끔 댓글이 달리는 글도 있었다. '그래
서 어쩌라고? 뭘 어쩌라고?'

　데뷔를 한 이상 언젠가는 활동을 종료하게 되는 것이

아이돌이었다. 멤버들이 모두 팀을 떠나게 되어 해체를 하거나, 팀과 소속사의 계약이 종료되거나, 혹은 더이상 신곡을 발표하지 않고 활동도 하지 않다가 몇년이 지나버리거나 하는 식으로. 팬들에겐 무엇이든 슬픈 결말이었지만, 끝이라는 말도 없이 서서히 잊히는 것이 가장 쓸쓸했다. 파인캐럿은 그렇게 잊히는 방식으로 사라진 아이돌들을 생각했다. 그건 너무 가혹해. 가혹하고 잔인한 일이야. 기다리는 사람에게도, 돌아올 수 없는 사람에게도. 그리고 결국은 잊고 잊히는 사람들 모두에게. 차라리 끝을 선언해주는 게 가장 효율적인 이별이라고 생각했다.

데뷔 멤버였던 지유와 재키가 계약종료를 이유로 팀을 떠난 뒤부터 제로캐럿의 팬들은 남은 멤버들의 계약기간을 습관처럼 헤아렸다. 팬들 사이에서 제로캐럿의 소속사 직원이 아닐까 의심받고 있는 한 팬이 멤버들의 계약일자를 게시판에 올린 적이 있었다. 글은 곧 지워졌지만 멤버들의 이름 옆에 나란히 적혀 있던 숫자들은 팬들의 기억 속에 또렷이 남아 중요한 암호처럼 조심스럽게 공유되었다.

아이돌 팬이라면 누구나 그렇듯이, 제로캐럿의 팬들도 그들만이 기념하는 날짜들이 있었다. 제로캐럿의 데뷔일, 멤버들의 생일, 첫번째 정규앨범이 출시된 날. 그런 날이 되면 게시판에는 특수문자를 요란하게 붙인 제목으로 축하의 글들이 올라왔다. 축하해, 사랑해, 제로캐럿. 영원히, 함께하자, 고마워. 축제의 밤에 터지는 폭죽처럼, 뜨거운 마음들이 색색으로 터져나왔다.

그리고 멤버들의 계약일마다 게시판은 경건해졌다. 제발 오늘도 무사히, 내일도 무사히, 아무런 기자회견도 공식 입장 발표도 없게 해주세요. 보도자료가 나오지 않게 해주세요. 실시간 검색어에 이름이 올라가지 않게 해주세요. 아무렇지 않게 오늘을 지나가게 해주세요. 팬들은 기도하는 마음으로 멤버들의 SNS 계정을 살폈고, 포털사이트에 접속해 새로고침 버튼을 눌렀다.

'제로캐럿의 이름으로 하는 콘서트가 마지막일 필요가 있나. 이 멤버들로는 마지막일 수 있지만. 해체가 아니라 마린만 남고 멤버 다 교체하는 게 맞는 거 아냐? 마린은 계약 한참 남았다고.' 콘서트 당일 아침에 올라온 글이었다. 작성자는 온리마린. 다른 멤버들에게는 관심이 없고 유독 마린만을 열렬히 좋아하는 팬이었다.

데뷔 5주년 기념일에 맞추어 열리는 첫번째 단독 콘서트가 단 하루, 단 한번만 진행된다는 사실이 발표되자 팬들의 마음은 복잡했다. 기쁨과 동시에 두려움이 있었다. 뭔가 이상하다는 생각을 하지 않은 팬은 없었다. 이런 콘서트를 하는 아이돌은 없었다. 다른 아이돌의 콘서트는 이틀에서 사흘, 길면 일주일이 넘게도 이어졌다. 같은 레퍼토리로 전국 투어를 하거나 해외공연을 하는 아이돌도 있었다. 콘서트 무대를 꾸미는 데에는 많은 시간과 인력이 필요했고, 그건 돈이 들어간다는 뜻이었다. 콘서트 준비에 들어간 돈은 티켓이 보상해주었다. 티켓이 많이 팔릴수록 수익도 늘어난다. 그런데 단 한번이라니. 더는 없다니. 팬들의 의아함은 금세 체념으로 바뀌었다. 이런 끝이구나. 눈치를 채라고, 그리고 마음의 준비를 하라고, 신호를 주는 거구나.

고맙다고 해야 할지. 그렇게 결정되어 버린 걸, 바꿀 수 없는 사람들은 그냥 받아들이고 남은 시간을 최선을 다해 즐겨야 할지. 파인캐럿은 콘서트 장소에 가까워질수록 마음이 복잡했다. 콘서트가 시작될 때 자신이 웃고 있을지, 콘서트가 끝났을 때는 울게 될지, 오늘이 지나면 내일부터는 어떤 날을 보내야 할지, 오늘을 어떻게 기억할 것인지. 아무것도 알 수 없을 것 같았다. 영영.

'마린이 무슨 죄야. 나갈 때 된 애들은 나가고 다른 애들 들어오면 되지. 어쩐지 저번 사인회 때도 마린만 좀 떨어져서 앉아 있더라. 그때 이미 다 결정된 거지. 내가 마린한테 물어본 적도 있어. 멤버들 별로 도움 안 되지 않느냐고. 차라리 없는 게 더 낫지 않겠냐고. 제로캐럿은 마린 혼자서도 충분한 거 아냐? 솔직히 사실이잖아. 탈퇴한 전 멤버들 계속 같은 팀 취급하면서 탈퇴한 날까지 챙겨서 제사 지내는 팬들이나, 대놓고 마린 무시하는 다른 멤버들이나. 마린이 얼마나 힘들었겠냐. 어차피 이제 다 닳아버린 이미지. 너희들은 뭐 더 볼 게 있다고 기대를 하냐. 새

로운 건 마린뿐이야.'

온리마린의 글에는 제로캐럿이 연말 해외공연을 위해 출국할 때 인천공항에서 찍힌 사진이 함께 올라와 있었다. 팬들 사이에서 유명한 사진이었다. 다인과 루비나는 데뷔 때부터 나란히 들고 다녀서 팬들에게도 익숙한, 색상만 다른 같은 디자인의 캐리어를 끌고 있었고, 준은 그런 둘 사이에서 발 맞춰 걸으며 텀블러에 든 음료를 마시고 있었다. 그 텀블러는 지유의 생일에 멤버들과 함께 나눠 쓰라며 팬들이 선물한 다섯개 중 하나였다. 마린은 앞서 걷는 셋과는 조금 떨어진 뒤쪽에서 매니저와 함께 걷고 있었다. 온라인 신문사의 기자가 찍은 사진이었다. '4인조 제로캐럿, 아직은 어색한 새 멤버 마린. 왕따설의 진실은?' 그런 제목이 붙어 있었다. 며칠 뒤 귀국한 제로캐럿은 네 멤버 모두 똑같은 운동화를 신고 있었다. 멤버들은 공식 홈페이지에 단체 사진과 함께 장문의 메시지를 올렸다. 팬들에게 전하는 일상적인 내용이었지만 메시지를 올린 의미는 분명했다. 팬들은 그걸 놓치지 않았다. 네명의 멤버들이 모두 좋다는, 저마다의 매력이 있다는, 제로캐럿이 최고라는 글들이 게시판에 많이도 올라왔다.

평소라면 댓글 없이 무시되었을 온리마린의 글은 올라온 지 얼마 되지 않아 댓글이 삼백개를 넘었다. '오늘의 인기글' 반짝이는 별 아이콘이 붙은 채 게시판 최상단에 고정되었다. 콘서트 날이기 때문이었다. 콘서트는 저녁 일곱시에 시작될 예정이었지만, 해가 뜨기 전인 이른 아침부터 팬들은 콘서트가 열리는 공연장 주변으로 모이기 시작했다. 들뜬 마음들이 거리를 서성이다가 온리마린의 글로 몰려들었다.

파인캐럿은 공연장 앞 버스정류장에서 온리마린의 글을 보았다. 직접 만든 제로캐럿의 포토카드를 나누어준다는 글을 올리기 위해 게시판에 접속했는데 온리마린의 글이 반짝이고 있었다. 등록된 지 여덟시간, 댓글은 이미 천개기 넘었고 계속해서 늘어나고 있었다. '얘 또 시작이네. 너 같은 팬은 없는 게 차라리 마린한테 도움이 되겠다.' '다른 멤버들 걸고넘어지지 마라. 저번에 마린 라이브 중에 가사 틀린 거 생각 안 나냐.' '난 마린한테는 아무 감정 없는데 얘가 이럴 때마다 마린까지 싫어져. 빠가 까를 만든다니까.' '마린 데뷔한 지가 언젠데 춤출 때 동작 틀리는 거 실화냐.' '마린이 제로캐럿에 무임승차한 거에 대해 양심을 좀 가져보세요.' '난 솔직히 준 이해함. 지유랑 재키 나가고 들어온 게 마린이라니. 내가 준이라도 어이가 없겠다, 진심.'

비난과 욕설, 조롱에도 대응하지 않던 온리마린이 준의 이름이 나오자 댓글을 달았다.

"송준희, 죽여버릴 거야."

자기도 모르게 댓글을 입으로 따라 읽은 파인캐럿은 온몸에 소름이 돋았다.

파인캐럿은 온리마린을 본 적이 있었다. 마린이 멤버로 합류한 뒤 처음 열린 사인회에서였다. 대학로의 소극장을 빌려 진행된 사인회는 앨범을 구매한 사람들 중 추첨을 통해 선정된 백명의 당첨자가 참석했다. 당첨 순서대로 지정된 좌석에 앉아 있다가 진행요원이 번호를 부르면 무대 위로 올라가 테이블에 앉은 멤버들의 맞은편에서 차례로 사인을 받을 수 있었다. 온리마린은 파인캐럿의 앞 번호 당첨자였다. 파인캐럿이 다인에게 사인을 받고 있을 때, 온리마린은 마린의 사인을 받고 있었다. "파인캐럿, 늘 고마워요." 자신을 알아봐준 다인에게 고맙다고 인사하고 루비나의 사인을 받기 위해 옆으로 자리를 옮겼을 때, 마린이 뒤쪽에 서 있던 매니저에게 속삭이는 소리가 들렸다. "저 사람이 내 발목을 잡았어요. 테이블 아래로 손을 뻗어서요." 온리마린은 준의 사인을 받지 않고 무대 아래로 내려가고 있었다.

멤버들의 사인을 다 받고 사인회 후에 이어질 신곡 공연을 보기 위해 지정된 좌석으로 돌아간 파인캐럿은 옆자리에 앉은 온리마린의 얼굴을 조심스럽게 살폈다. 온리마린은 마린의 사인을 휴대폰 카메라로 찍어 게시판에 올리고 있었다. 파인캐럿은 그의 휴대폰 액정을 곁눈질로 보았다. 닉네임을 기억해두어야겠다고 생각했다.

그뒤로도 몇번 온리마린을 보았다. 음악 프로그램 사전

녹화를 방청하기 위해 방송국 건물 앞에서 줄을 서고 있을 때, 제로캐럿의 매니저가 온리마린을 줄에서 끌어냈다. 영문을 모르는 팬들이 웅성거렸다. 강원도의 한 대학 축제에서도, 한강시민공원 어린이 수영장 개장 축하공연에서도, 마린이 광고모델로 활동하고 있는 화장품 브랜드의 신제품 론칭쇼에서도 온리마린은 마린이 있는 무대 가까이로 가지 못했다. 그리고 그럴 때마다 마린을 향한 절절한 사랑고백을 게시판에 올렸다.

온리마린의 사랑고백은 언제나 다른 멤버들에 대한 불만과 저주를 동반했다. '마린이 맡은 부분인데 왜 카메라는 다인을 비추지? 확 넘어져버렸어야 했는데.' '무대 아래로 내려온 루비나는 왜 마린에게만 물을 권하지 않는 거지? 짜증나게.' '준은 대체 언제까지 마린을 무시할 셈이지? 죽어버렸으면 좋겠어.' 멤버들 중에서도 유독 준에게 공격적이었다.

"송준희, 죽여버릴 거야."

파인캐럿은 그렇게 중얼거리는 온리마린을 보았다. 다

인, 루비나, 마린, 준. 네명의 멤버가 미소 짓고 있는 공연 장의 커다란 현수막 앞에서, 기대감에 찬 수많은 팬들이 모여 있는 그곳에서, 온리마린이 하염없이 그 말을 반복하고 있었다.

다섯번째 계절

파인캐럿

저기 너의 어깨너머 다섯번째 계절이 보여 난

처음 느낀 설렘이야 네 웃음이 날 가슴 뛰게 만들어

있잖아 사랑이면 단번에 바로 알 수가 있대

헷갈리지 않고 반드시 알아볼 수가 있대

이제 난 그 사람이 누군지 확신했어

네가 내게 피어나 아지랑이처럼 어지럽게

네가 내게 밀려와 두 눈을 커다랗게 뜨고 꾸는 꿈

사랑이란 꿈

오마이걸, '다섯번째 계절'

준희는 자신의 눈앞에 놓인 트랙이 흔들다리 같다고 생각했다. 예전엔 달리고 있을 때면 지구 전체가 커다란 무게로, 그 무게만큼의 단단함으로 온통 자신을 밀어내고 있다고 느끼곤 했었는데. 그 압도적인 존재감을 느끼는 것만으로도 벅찰 때가 있었는데. 이젠 정말 그랬던 때가 있긴 있었는지 아득하기만 했다. 지금 준희에게 트랙은 절벽과 절벽 사이를 잇는 단 하나의 선, 위태로운 흔들다리가 되어 있었다. 그런데 그게 무섭지는 않았다.

'흔들다리 효과'라는 말을 들은 적이 있다고 떠올리고

나서부터였다. 그래, 그런 말을 들은 적이 있었지. 흔들리는 다리 위에서 만난 사람에게는 안정된 다리 위에서 만난 사람보다 더 큰 호감을 느끼게 된다는 이야기. 긴장과 두려움을 설렘의 두근거림으로 착각할 수 있다니. 말도 안 된다고 생각했다. 어떻게 그런 걸 착각할 수가 있지. 자기 마음도 제대로 모를 수가 있나. 바보 같은 일이라고 여겼다. 김다인을 보기 전까지는.

'보았다'고밖에는 할 수가 없다. 준희는 아직 다인을 만나지 않았고, 그러니 다인을 알지 못했다. 그런데도 다인이 좋았다. 아무래도 머리가 어떤 오류를 일으킨 게 분명했다. 준희는 몇번이고 되뇌었다. 내 심장이 이렇게 빨리 뛰는 건 김다인 때문이 아니다. 내 숨이 이렇게 턱까지 차오르는 건, 내 입술이 이렇게 바싹 마르는 건, 김다인 때문이 아니다. 이건 다 내가 전속력으로 달리기 때문이야. 그뿐이야. 내 두 다리가 있는 힘껏 땅을 박차고, 내 온몸이 조금이라도 더 빨리 앞으로 나가기 위해 최선을 다하고 있기 때문이라고. 하필이면 그 끝에 김다인이 있을 뿐이고.

"송준희, 앞으로!"

준희는 코치의 구령에 맞춰 출발선에 섰다. 스타트 자세는 세개의 구령에 맞춰 입력된 프로그램처럼 정확한 루틴을 이루고 있었다. "하나"에 다리를 굽히고, "둘"에 팔을 뻗고, "셋"에 고개를 든다. 가장 완벽한 자세일 때, 준희가 시선을 고정해야 할 지점에, 다인이 있다.

별관 건물 2층 네번째 창문. 그 옆에 놓인 책상이 다인의 자리다. 다인은 수업시간엔 늘 그렇듯이 한 손으로 턱을 괴고 다른 손으로 머리카락을 만지고 있다. 준희의 귓가에서 카운트다운이 시작된다. 가장 기다리는 순간. 그만큼이나 두려워하는 순간. 아직 달리지 않은 심장의 박동이 점점 빨라지고, 호흡은 짧아진다. 스타트를 알리는 총소리가 자신의 머리를 쏘는 소리인 것 같다고, 준희는 생각한다. 이제 아무런 생각도 감각도 느껴지지 않고, 그저 다인에게로 점점 가까워질 뿐.

백 미터 달리기는 출발부터 도착까지 한번도 숨을 쉬지 않는다. 그래서일까. 달리는 동안은 온 세상이 멈춰버린 것 같았다. 스톱워치의 숫자가 올라가는 동안만 존재하는 트랙 안의 세상. 바깥과는 전혀 다른. 준희는 그 감각이 좋았다. 준희는 그 세상에서 수없이 다인을 향해 뛰고 또 뛴다. 그리고 단 한순간, 서로가 가장 가까이에 있는 순간. 이름을 부르면 기다리고 있었던 것처럼 고개를 돌려 바라봐줄 것만 같은 바로 그 순간. 그때 준희의 마음을 흔드는 감정을 무엇이라고 할 수 있을까.

달리는 것만이 전부였던 세계를 너를 향해 달리는 세계로 바꾸어놓은 너를.

"준희 너 기록이 점점 좋아진다? 이번 대회는 진짜 신기록 기대해도 될 거 같은데?"

"정말요?"

"그래, 이 기세로 가면 문제없을 거 같아. 비결이 뭐야? 혼자 무슨 특훈이라도 하고 있어?"

"아니에요, 특훈은 무슨."

스톱워치에 찍힌 숫자를 기록지에 적어넣은 코치가 준희의 어깨를 가볍게 두드렸다.

"뭐면 어떠냐. 잘하고 있다."

스톱워치가 멈춘 세상, 트랙 밖의 세상에서 준희는 억지로 단꿈에서 깨어난 사람이 된다. 유예해두었던 현실의 시간이 거센 파도처럼 한꺼번에 밀려온다. 그 시간에 온통 부딪혀 지친 몸으로 준희는 터덜터덜 걷는다. 다인에게서 등을 돌리고, 멀어진다. 멀어지는 동안 준희의 심장은 평온한 박자를 되찾고, 호흡은 차분해진다. 그게 가끔은 쓸쓸하게 느껴진다. 왜. 왜냐하면.

"좋아하는 애가 있어요. 그 애를 보면서 달려요"라고, 그렇게 말해도 될까. 그게 정말, 진짜일까.

인사 한번 건네본 적 없는 애를, 똑바로 마주 선 적조차 없는 애를, 좋아할 수가 있는 걸까. 이 모든 게 오류이거나 착각이라면. 그렇다면 멈춰야 하는 걸까.

"쟤 또 너 보더라."

"다인아, 너 잘 생각해봐. 쟤한테 뭐 잘못한 거 없어?"

"그러게, 부모의 원수를 보는 것처럼 노려보던데."

"갑자기 찾아와서 한대 치는 거 아냐?"

바보들. 어떻게 저 눈빛을 모를 수가 있지. 쟤는 나를 좋아하잖아. 다인은 운동장을 걷고 있는 준희의 등을 볼펜으로 쿡쿡 찌르는 시늉을 하며 생각했다. 너도 말이야, 도대체 언제쯤 알아챌 거니. 딱 한번만 돌아보면 되는데.

다인은 자신을 향해 달려오는 준희를 처음부터 알고 있었다. 모를 수가 없었다. 정말 전속력으로, 온 힘을 다해서 달려오고 있었으니까. 화살이 날아오는 것처럼. 과녁이 된 기분이었는데, 그게 왠지 좋았다. 이 세상 어딘가에서 한 사람만은 반드시 자신을 향해 달려오고 있다는 믿음.

육상부에 스카우트되어서 온 전학생이라고 했다. 이름은 송준희. 단거리 에이스. 국가대표 육상선수를 여럿 배출한 학교인 탓에 교실 창문 너머로 연습 중인 육상부원이 보이는 건 일상이었다. 단거리 트랙은 교문에서 별관까지 뻗어 있었다. 그 트랙을 달리는 육상부원은 송준희 한명이 아니었다. 1학년부터 3학년까지 스무명 남짓의 육상부원이 매일 그 트랙을 달렸다. 교문 앞 출발선부터 별관 앞 도착선까지. 아이들이 모두 이를 악물고 달리고 있는데 유독 송준희, 준희만이 다인을 향해 달려온다는 느낌이었다.

그 존재감. 압도적인 존재감. 다인은 준희가 달려올 때면 심장이 관자놀이에서 뛰는 것처럼 느껴졌다. 처음엔 승부욕이 아주 강한 애라서, 유망주라더니 역시 뭔가가 다르긴 달라서 그렇게 느껴지는 줄 알았다. 하지만 하루하루 지날수록 확실해졌다. 정답은 하나였다. 쟤는 날 좋아해. 나를 좋아해.

다인은 창문 옆자리에 앉기 위해 반 아이들에게 빵이며 과자며 부지런히 사다주었다. 스스로도 깜짝 놀랄 정도로 깜찍한 짓을 벌이기도 했다.

"나 한번만 크게 불러봐."

"응?"

"내 이름 한번만 크게 불러줘."

"김다인?"

"크게, 크게."

"김다인!"

좋아하는 사람의 이름 정도는 알고 있게 해주어야지. 다인은 준희가 가까이 다가왔을 때 짝에게 부탁을 했다. 기록을 적던 코치마저 고개를 돌려 쳐다볼 정도로 큰 소리였으니, 분명히 들었겠지. 왜 그러냐며 이상하다고 말하는 짝의 의심스러운 눈빛에는 그냥 활짝 웃어줬다. 쇄골 아래가 간질거렸다.

그런데 좀 이상했다. 한 학기가 다 가도록 그게 다였다. 반 아이들이 다 알 정도로 달려오면서도 그게 다였다. 도무지 아닐 수가 없는데 아닌 것처럼 굴었다.

그럼 왜 자꾸 저렇게 달려오는 건데.

다인은 꼭 거기까지라는 듯이 돌아서서 가버리는 준희의 뒤통수에 대고 얼마나 많이 "바보"라고 말했는지 모른다. 육상부 선배와 웃으면서 대화하는 모습이나 코치와 무언가를 상의하는 모습, 운동화 끈을 고쳐 묶는 모습, 물을 마시고, 기지개를 켜고, 물끄러미 바닥을 내려다보면서 심호흡하는 그 모든 준희의 모습은 아주 멀리 있었다. 사실 준희는 항상 멀리 있었다. 소리를 질러야만 들리는 곳에, 손도 닿지 않고 숨도 느낄 수 없는 곳에. 그런데 준희가 달려오면, 준희가 달려오고 있을 때면, 그 거리가 다 무의미해졌다. 보고 있지 않아도 알 수 있었다. 칠판을 보고 있어도, 교과서를 보고 있어도, 눈을 감고 있어도.

준희가 오고 있다. 나에게로.

준희는 다시 트랙에 선다.

"하나"에 다리를 굽히고, "둘"에 팔을 뻗고, "셋"에 고개를 든다. 다인을 본다. 머리를 날려버리는, 심장을 터뜨려버리는, 총소리를 듣는다. 그건 귀로만 듣는 게 아닌 것 같다.

다인은 진짜 과녁이 되고 싶다고 생각한다. 그러면 적어도 네가 와서 꽂히겠지. 그런 생각. 아무래도 바보 같은 건 자신이라고 생각한다.

그리고 같은 순간.

준희는 트랙 위에 멈추고, 다인은 준희를 바라본다.

비가 오고 있다. 거짓말처럼. 낯선 계절처럼. 둘의 사이에 비가 내리고, 비를 사이에 두고서 이렇게 서로를 마주 보는 꿈을 꾼 적이 있다고, 그러니 서로가 서로를 모를 수가 없다고, 둘이 똑같은 생각을 한다.

5

새 이름을 만들고 싶었던
날들로부터

키와 몸무게는 넣고 싶지 않다고 말했더니, 혈액형은 어떠냐는 질문이 돌아왔다. 차라리 별자리를 넣어달라고 하는 게 나았을까. 3남 2녀 중 막내. 아이돌 걸그룹 멤버의 프로필 첫줄이 가족관계라니. 그건 좀 아니잖아. 마린은 기가 막혔다. 제로캐럿에 합류한 뒤 처음으로 진행한 인터뷰였다. 기사 제목으로는 마린이 하지 않은 말이 따옴표까지 붙은 채 당당히 자리를 차지하고 있었다. "이제 마린의 제로캐럿으로 불러주세요"라니. 아무리 생각해도 그런 말을 한 적이 없었다. 아니, 제정신으로 그런 말을 했을

리가. 혹시 기자가 라이벌 그룹의 팬인 건 아닐까. 아니면 탈퇴한 지유나 재키의 팬이라든지. 기사에는 햇살이 따가운 날 야외에서 장소를 여러번 옮겨가며 찍었던 수십장의 사진 중에 가장 애매한 포즈의 사진이 함께 실려 있었다. 그마저도 광고 배너가 포스트잇을 붙인 듯 얹혀 있어 마린의 얼굴은 반만 보였다. 댓글은 단 두개. '제로캐럿 해체한 게 아니었네?' '담보 없이 빠른 대출 지금 바로 전화주세요.' 마린은 자신의 아이디로 댓글을 달았다. '제로캐럿의 마린, 응원할게요.'

루비나는 무관심보다는 미움을 받는 게 낫다고 했다. 미움도 관심이 있어야 생기는 감정이라며 자신의 기사에 달린 모든 댓글을 읽었다. 나쁘다는 말로는 부족한 악한 댓글들을 소리 내어 읽기도 했다. 마린은 동의할 수 없었다. 아이돌도 직업인데 왜 고행을 하듯이 살아야 하는지 이해할 수 없었다. "네가 아직 신인이라 프로의식이 부족해서 그래. 멤버들이 선배니까 좀 배워." 잔소리를 할 때면 꼭 어깨를 쓰다듬는 매니저도 싫었지만, 한심하다는 듯이 자신을 흘겨보는 준이 더 싫었다. 차라리 별 관심 없어 보이는 다인 쪽이 편했다. 어쨌거나 멤버들 중 누구도 마음에 들지는 않았다.

첫 단추를 잘못 꿴 탓에 모든 인터뷰에서 같은 질문을 받아야 했다. "형제 중에서 막내라던데, 애교가 많은 편인가요?" "붙임성이 좋아 보여요, 식구가 많은 집에서 자라서 그런가." "제로캐럿에서도 막내 역할을 하고 있는 거 같은데, 천생 막내라는 소리 많이 듣죠?" 그저 웃는 것 말고는 할 수 있는 대답이 없는 질문들이었다. 질문이긴 한가. 요구에 가까운 말들이었다. 계속 웃다보니 웃는 게 편해져서 이런저런 손짓이나 눈짓 같은 걸 더했더니 그 모습이 또 귀엽다는 소리를 들었다. "그걸 질문이라고 하시는 건지"라고 할 수는 없었을 뿐인데.

공교롭게도 마린은 나이가 같은 세 멤버 다인, 마린, 준 중에서 생일이 가장 늦었기 때문에 따지고 들자면 막내라고 할 수도 있었다. 팬들은 제로캐럿을 가족처럼 여기는 걸 좋아했다. 루비나를 다정한 엄마, 다인을 든든한 맏딸,

마린을 귀여운 막내, 준을 과묵한 아들처럼 여겼다. 다행히 차지할 만한 자리가 남아 있었네. 마린은 순순히 그 역할에 충실하기로 했다.

최준영, 최준호, 최준석 뒤에 최아연 그리고 최마린. 준할 준(準)을 항렬자로 쓴 남자 형제들과 달리 마린의 언니는 이름자로 예쁠 아(娥), 예쁠 연(娟)을 받았다. 한자를 두개 쓰면서 굳이 서로 같은 뜻을 고르다니. 너무 성의가 없는 것 아닌가. 게다가 예쁘고 예쁘라니. 갓 태어난 아이의 앞날에 빌어줄 것이 다만 그것뿐이라니. 그러나 언니의 이름에 대신 불평을 해줄 처지가 아니었다. 마린은 그런 성의 없는 의미마저도 얻지 못한 한글 이름이었다. 한글 이름이라고 다 의미가 없는 것은 아니겠지만 출생신고를 하던 날의 이야기를 들어버렸다.

부모는 처음엔 마린의 이름을 언니와 앞 글자를 맞추어 아린이라 지으려 했다고 한다. 그런데 다른 이름 후보들과 같이 종이에 적어두고 고심하는 과정에서 어쩐지 아린은 마린이 되어 있었고 출생신고서를 작성하던 아버지는 마침 그것이 나쁘지 않아 보여서 마린으로 결정해버렸다. 한자를 붙여보려고 했으나 도무지 말 마(馬), 마귀 마(魔), 삼 마(麻) 같은 것밖에는 없었기 때문에 한글 이름이 된 것이었다. 마린의 한자가 그 지경이었으면 다시 아린으로 돌아갔을 법도 한데, 마린의 아버지는 자신의 마음이 갑자기 끌린 것에는 무언가 그럴 만한 이유가 있으리라고 믿는 선택적 운명론자였다.

마린이 보기에 남자 형제들은 자신의 이름에 붙은 한자처럼 사는 것 같았다. 씩씩하게 매일 사건을 벌이느라 그릇이며 유리창이며 깰 수 있는 것은 다 깼고, 올곧게도 고집이 센 덕분에 대형마트 바닥에도 곧잘 드러누워 울었다. 마린의 언니는 그저 예쁘고 예뻤다. 유순하고 욕심이 없었다. 자리에 앉혀놓으면 그 자세 그대로 언제까지고 앉아 있을 것만 같았다. 사람은 정말 이름만큼의 삶을 살게 되는 걸까. 그래서 마린은 자꾸만 모든 것에 의미를 두지 않게 되는 걸까. 의미를 두지도 않으면서 의미를 찾고 싶어하는 걸까. "의미 없다, 의미 없어." 그런 말을 버릇처럼 달고 살면서.

　마린이 이름의 의미를 생각하기 시작한 건 초등학교 1학년 때 만난 인생의 첫번째 담임선생님 때문이었다. 그 선생님은 언제나 발목까지 내려오는 긴 치마를 입었고, 한뼘은 넘을 것 같은 검은색 통굽 슬리퍼를 신었고, 칠판 옆에는 분홍색 훌라후프를 세워두었다. 긴 파마머리를 치렁치렁 늘어뜨리고 늘 어두운 보라색 립스틱을 발랐기 때문에 당연하다는 듯이 별명이 마녀였다. 아침마다 아이들에게 받아쓰기를 시키면서 훌라후프를 돌리곤 했다. "가엾은 소쩍새" "소름 돋는 추위" "바닥에 닿은 맨발" "넓은 황무지" 같은 단어들을 일고여덟살 아이들에게 불러주고는 고심하는 동그란 머리들을 내려다보며 쉭쉭 훌라후프를 돌렸다. 특별히 예뻐하는 아이도, 미워하는 아이도 없어 보였다. 그저 공평하게 아이들을 바라보며 "쇠를 핥는 일" 따위를 말했다. 마린은 교사라는 직업이 아이들을 사랑하기 때문에 선택하는 것이 아님을 그 선생님을 보고 깨달았다. 그런데도 선생님의 사랑을 받고 싶었다. 받아

쓰기를 잘하기 위해 국어사전을 읽었다. 선생님은 선생을 높여 부르는 말, 선생이라는 말은 일정한 자격을 가지고 학생들을 가르치는 사람이라는 뜻이었다. 거기에 사랑은 없었다. 그래도 마린은 교실에 있는 동안엔 한순간도 선생님에게서 눈을 떼지 않았다. 하지만 한자로 이름을 스무번 써오라는 숙제는 할 수가 없었다.

"선생님, 제 이름에는 한자가 없어요."

"한자는 의미를 더해주는 글자인데 네 이름은 한자가 아니구나. 그럼 의미가 없네, 아무것도."

농담이었을까. 선생님은 그렇게 말하고 조금 웃었는데 그때부터 의미가 없다는 말이 마린의 입에 붙었다. "큰일이구나, 사람은 이름만큼 산다는데." 그렇게 말하고 무심히 시선을 거두던 그 선생님의 이름이, 뭐였더라. 선생님이 손에 끼고 있던 얇은 실반지조차 선명한데 선생님의 이름은 도무지 기억나지 않았다. 아마 아주 복잡한 의미의 한자를 이름으로 가졌겠지. 마린은 그렇게 생각하기로 했다. 자신이 가진 것이 너무 소중해서 그걸 갖지 못한 사람은 소중하지 않은 모양이라고.

"너는 성만 한자로 써오렴. 다른 아이들은 이름도 써오니까 너는 성을 오십번 쓰는 걸로 하자. 그래야 공평하겠지."

'정말 공평하려면 성을 육십번 써야 하잖아요. 선생님, 저는 곱셈을 할 줄 아는 아이였답니다.' 마린은 언젠가 선생님을 만나면 그렇게 이야기하려고 했다. 이제는 종영되었지만 연예인의 학창 시절 추억의 사람을 찾아주는 프로그램이 있었는데 거기에 나가고 싶었다.

정말 공평하게, 자신의 성을 한자로 육십번 썼던 여덟살 마린은 다른 이름을 갖고 싶었다. '선화를 찾습니다'라는 공고를 보고 부모를 졸라 아역배우 오디션에 응모했다. 최마린이 아닌 최선화가 되고 싶었다. 선화는 일일 아침드라마 주인공의 딸이었다. 선화가 된 마린은 머리카락을 양쪽으로 땋고 목에는 하얀 실크 리본을 크게 묶었다. 자주 울었다. "엄마, 왜 아빠가 가버리는 거야? 저 아줌마는 누구야?" 그런 말을 백번쯤 했다. 그다음엔 수진이가 되었다. 은영이도 되었다. 지연이와 민정이는 각각 두 번 정도 했다. 대사는 전부 비슷했고 항상 원피스를 입어야 했다. "아빠, 왜 엄마한테 소리 질러?" "저 아줌마 싫어. 우리 집에서 나가라고 해." "아저씨가 뭔데 우리 엄마 손을 잡아요? 난 싫어, 싫어!" 마린은 그런 말을 하면서 수진이, 은영이, 지연이, 민정이의 바람이 이루어지지 않을 것을 알았다. 드라마는 그런 거니까. 아이가 원하는 것은 잘 이루어지지 않는 세계니까. 아이는 곧 체념하고, 어른에게 설득당하고, 인정할 수 없는 것들과 손을 잡고 살아야 하는 세계니까.

진희를 마지막으로 마린은 아역배우 생활을 마감했다. 열두 살이 되었기 때문이었다. 열두 살은 좀더 다양한 연기를 해야 했는데, 마린은 사실 연기에는 도무지 소질이 없었다. "울어"라고 감독이 요구하면 머뭇거리지 않고 즉시 눈물을 흘리는 기술이 있었을 뿐.

재능은 다른 곳에 있었다. 진희의 이름을 가졌을 때 발견한 재능이었다. 진희는 라이브까페 통기타 가수인 아빠와 유명 댄스 가수인 엄마 사이에서 태어났는데, 부모가 부부싸움을 할 때마다 노래를 부르거나 춤을 추면서 재롱을 부렸다. 마린은 진희가 대체 왜 그런 행동을 하는지 이해할 수 없었지만, 울면서 부모 역할을 하는 배우의 다리에 매달리는 것보다는 노래를 부르고 춤을 추는 것이 더 편했기 때문에 열심히 진희를 연기했다. 진희의 엄마 역을 맡은 배우가 매회 더 높은 옥타브로 소리를 질렀기 때문에 드라마의 시청률은 꽤 높았고 덕분에 마린은 광고를 몇개 찍었다.

"꼭 아이돌 같네." 광고 촬영 현장에서 누군가 던진 한마디가 몇년 뒤 마린에게 새 이름을 주었다. 아이돌 로드 매니저 출신이라는 드라마 조감독으로부터 명함을 전달받았고, 곧 자리가 마련되었다. 오디션이라고 해서 찾아갔는데 사장실에서 종이컵에 담긴 믹스커피 두잔을 마시고 제로캐럿의 새 멤버가 되었다. "노래도 부르고 춤도 추고, 잘 하는 거는 예전에 봤어. 이렇게, 이렇게 말이야." 사장은 마린이 아이스크림 광고에서 추었던 춤을 췄다. 왕

년에 비보이였다는 사실을 믿을 수 없는 몸짓이었다. "새로 준비할 것도 없이 이름도 있네, 마린." 사장은 몇번 다른 멤버들의 이름과 마린의 이름을 번갈아 중얼거리더니 계약서를 내밀었다. "좋은 자리가 있어. 딱 그 자리가 좋겠어." 마린은 아이돌처럼 사인을 해보라는 말에 이름 옆에 작은 하트를 그려넣었다. 최마린이 아니라 제로캐럿의 마린이 되고 나니 마린이란 이름도 마음에 들었다.

"콘서트 시작 15분 전, 제로캐럿 2-2 구역에 스탠바이 해주세요."

귀에 꽂은 이어폰에서 들리는 무전에 맞춰 야광 스티커로 표시된 기둥 사이를 지나 정해진 위치에 일렬로 섰다. 다인, 루비나, 마린, 준. 이 순서로 서는 것도 이젠 꽤 익숙해졌다. 제로캐럿의 마린으로 살았던 2년은 제법 긴 드라마였다. 재미있었다.

"콘서트 시작 8분 전, 리프트 올라가면 인트로 시작 40초 후에 바로 조명 오프, 다인은 1-1 구역으로 바로 이동해주세요."

머리 위에 무대가 있었다. 객석에서 팬들이 제로캐럿의 노래들을 부르는 소리가 들렸다. 갑자기 비명처럼 함성이 터져나왔다가 와르르 웃음소리로 흩어졌다. 스크린에서는 숙소에서 찍은 영상이 상영되고 있을 것이다. 마린은 숙소에 살지 않았지만, 마치 항상 그랬던 것처럼 다른 멤버들과 똑같은 파자마를 입고 라면을 끓여 먹었다. 카메라가 꺼진 뒤에는 마린만 다시 옷을 갈아입고 숙소에서 나왔다.

"내가 오늘이니까 한번 물어봐야겠다는 생각이 드는데."

마린이 준의 귀에 속삭였다. 드라마에는 클라이맥스가 필요한 법이고, 그게 아마도 지금일 것이다. 준은 마린에게로 고개를 돌리지 않았다.

"루비나 언니가 그러더라, 미움도 관심이라고. 고마운 일이라고 생각하면 또 고마운 일이라고. 그래서 말인데 너 나한테 관심 있니? 그러면 이제부터는 좀 고마워해보려고."

"뭐라는 거야."

"너 나 싫어하잖아."

"아닌데."

"아니긴 뭐가 아니야. 지난 2년 동안 네가 나한테 보였던 태도를 생각해봐. 팬들도 다 아는데 너만 모른다고? 아니라고?"

"콘서트 시작 1분 전, 리프트 상승 20초 전에 인트로 음악 시작합니다."

다인이 루비나의 손을 잡았다. 루비나가 마린에게 손을 내밀었다. 마린은 그 손을 보지 못했다. 준을 바라보고 있었다.

"나는 내가 하는 일을 무시하는 사람과 잘 지내고 싶은 생각이 없을 뿐이야."

준이 루비나의 손을 잡았다. 마린이 두 사람의 맞잡은 손을 향해 시선을 돌렸을 때 리프트가 상승하기 시작했다. 마린의 몸이 잠깐 휘청거렸다.

다인이 말했다. "콘서트가 끝나면 할 말이 있어." 준이

말했다. "뭐라고? 잘 안 들려." 다인이 다시 말하기 전에
리프트는 무대 위로 올라왔다. 콘서트의 시작을 알리는
카운트다운이 시작되었다.

팔레트

파인캐럿

I like it, I'm twenty five

날 미워하는 거 알아

I got this, I'm truly fine

이제 조금 알 것 같아 날

아이유, '팔레트'

월세를 올려달라는 집주인의 문자메시지에 또 2년이 흘렀다는 걸 알았다. 나와 다인이 세번째 이사를 해야 한다는 뜻이었고, 그건 또한 우리가 6년째 함께 살고 있다는 의미였다. 그 문자메시지를 받은 뒤로 나는 다음에 이사할 집에서는 다인과 함께할 수 없겠다는 불길한 예감에 사로잡혔다. 갱신되지 못하는 계약이 다만 월세뿐만이 아닐 거라는, 의심할 수 없을 만큼 강렬한 예감.

스무살에 함께 살림을 꾸린 뒤로 한번도 재계약을 해보지 못한 채 매번 2년을 겨우 채워 월세를 전전하면서 우리는 쉽게 포기하는 법을 배웠다. 가지고 싶은 것들보다는 가질 수 있는 것들을 생각했고, 그마저도 가져야만 했을 때에서야 가졌다. 소비보다는 소유의 가능성. 암묵적인 원칙이 우리의 생활에 있었다.

꼭 필요한 물건만, 종류별로 단 한개씩만 가졌다. 머그컵이 있으면 유리컵을 사지 않았다. 여름 이불과 겨울 이불 사이에 간절기 이불을 사지 않았다. 같은 로션을 썼다. 서로의 옷을 번갈아 입었다. 우리는 쌍둥이 자매처럼 닮아갔고, 가끔 그런 서로에 놀랐다. 안온한 친밀감이 있을 거라 생각했던 자리에 의외의 당혹스러움이 있었다. 누구도 완벽하게 원하지 않은 것들, 타협으로 이루어진 소유의 세계. 우리는 키스를 할 때 서로의 입술에서 같은 립스틱 맛이 나는 것이 싫어졌다.

다인을 처음 본 건 낯선 교실에서였다. 고교 시절 3년 동안 여덟번 전학을 다녔다. 마지막으로 문을 열고 들어간 교실에 다인이 앉아 있었다. 다인은 반장이었고, 담임은 으레 그래야 한다는 듯이 전학생의 학교 적응을 반장에게 맡겼다. 수능이 고작 두달 남은 시점의 예민한 수험생들은 전학생에게 쏟을 관심이 없었다. 하지만 새로운 화젯거리에 대한 비상한 호기심은 있었다. 나에게 가족이 없다는 것, 이전 학교의 교복을 입고 등교하는 건 졸업이 얼마 안 남았기 때문에 학교에서 해준 배려가 아니라 내가 새 교복을 살 형편이 되지 않기 때문에 어쩔 수 없었다는 것, 또한 같은 이유로 스타킹을 신지 않아도 벌점을 받지 않는다는 것이 알려졌다. 매일 새로 다린 것이 분명한 빳빳한 흰 블라우스를 입은 다인이 대수롭지 않게 말했다. "나도 혼자야. 나도 돈 없는데 스타킹 안 신고 싶다. 너무 올이 잘 나가지 않니?"

졸업식이 끝나고 교문 밖을 나서는 다인을 따라갔다. 다인은 졸업생 대표로 받은 꽃다발을 길에 버렸다. 쌍꺼풀 없이도 큰 눈에는 눈물 같은 건 맺혀 있지 않았다. 유난히 검은 눈썹과 검은 눈동자에 핏기 없는 입술 때문에 다인은 창백한 그림 같았다. 숨을 쉴 때마다 입술 틈으로 하얀 입김이 새어나왔다. 목도리는커녕 코트도 없이 교복

재킷만 입고서도 몸을 떨지 않았다. 나는 다인이 버린 꽃다발을 주워서 다인에게 내밀었다. "내가 주는 걸로 하면 받을래?" 다인은 꽃다발 대신 내 손을 잡았다.

스무살 처음 같이 누웠던 방은 고시원이었다. 우리는 얇은 판자벽 너머로 소리가 새어나가지 않도록 이불 속에서 서로의 어깨에 얼굴을 묻고, 난방이 잘 되지 않은 탓에 차갑게 굳은 손가락을 서로의 몸 위로 움직였다. 자꾸만 살을 맞대는 건 그만큼 서로를 원해서였는지, 그렇게라도 하지 않으면 잠들지 못하는 밤이 너무 길었기 때문인지 알 수 없었다.

스물셋에 함께 살던 집은 반지하 투룸이었다. 아무리 환기를 해도 곰팡이 냄새가 퀴퀴하게 피어났지만 월세가 저렴했다. 창밖으로는 사람들의 정강이가 보였다. 다인의 잠든 얼굴 위로 자동차 헤드라이트 빛이 쏟아진 날이 있었다. 나는 다른 방에서 재택근무 아르바이트를 하고 있었다. 필기구와 필체를 바꿔가며 오백장의 설문지를 쓰는 일이었다. 다인은 창밖을 향해 욕을 했다. 유리창이 깨졌다. 그 집에서 이사할 때까지 집주인은 끝내 방범창을 달아주지 않았다.

스물다섯. 다시 짐을 싸고, 또 만족하지 못하는 공간으로, 여전히 함께인 채로, 움직여야 한다는 사실이 버겁다고, 아니 사실은 지겹다고, 생각하지 않을까, 다인은. 나처럼.

우리는 다인의 대학 근처에서 다인의 회사 근처로 이사했다. 이사를 할 때마다 나는 그곳에서 새로운 아르바이트를 구했다. 그동안 다인은 대학 선배와 한번, 동아리에서 만난 다른 대학의 선배와 한번, 회사 동기와 한번 짧은 연애를 했다. 나는 다인에게서 풍기는 낯선 향수 냄새를 맡으며 그 향수가 부디 몹시 비싼 것이기를, 그리고 향수의 주인은 그런 것쯤은 대수롭지 않게 생각하는 사람이기를 바랐다.

다인은 아름다웠고, 바라는 것이 있었으며, 이루어낼 수 있는 사람이었다. 나와는 다른 사람. 내가 가질 수 없는 사람. 그런 사람이 나와 같은 밥상에 앉아 같은 그릇에

밥을 먹으며 같은 이불을 덮고 같이 잠드는 것을 언제까지 견딜 수 있을까. 나는 이사 때마다 얼마 되지 않는 살림살이를 다시 추려내어 버리는 다인을 보면서, 언젠가 다인이 문밖으로 내어놓고 떠나는 것들 중에 내가 있을지도 모른다고 생각했다.

나는 도무지 잘하는 게 없었다. 뚜렷하게 좋아하는 것도 없었고, 마땅히 싫어하는 것도 없었다. 가까스로 하루를 살았고, 또 하루가 오면 그 하루를 살았다. 아무리 열심히 해도 망가뜨리지 않는 게 최선이었다. 사람들은 자주 내 이름을 잘못 불렀고, 내가 하지 않은 일을 내가 했다고 믿었다. "재영씨, 어제 마감하고 카운터 금고 제대로 잠근 거 맞아?" 그런 질문들을 받았다. 나는 마감 담당이 아니었고, 한번도 나에게 카운터 금고 열쇠 맡긴 적도 없으면서. 나는 웃으면서 그 사실을 설명했다. "네 그런 태도 때문에 사람들이 너를 무시하는 거야." 차갑게 말하는 다인에게도 나는 웃어주었다.

다인에게 또다시 새로운 사람이 생겼다는 걸 알고 있었

다. 이번에는 꽤 길게 만나고 있다. 그 사람을 만나고부터 다인은 하지 않던 질문들을 했다. "재영아, 너 그 영화 알아?" "재영아, 너 혹시 요즘 읽는 책 있어?" "재영아, 어제가 무슨 날인 줄 알아? 쿠키를 선물하는 날이래. 어제 알았으면 나도 쿠키를 샀을 텐데. 오늘 알았어. 늦게 알아버렸네."

회식을 했다며 술을 많이 마시고 들어온 밤에는 화장도 지우지 않고 침대에 쓰러져서는 내가 모르는 이야기를 했다. 나는 가본 적 없는 곳, 나는 알지 못하는 것에 대해서. "있잖아, 그때 그 고양이가 정말 나한테 말을 거는 것처럼 내 얼굴을 똑바로 보고 야옹, 야옹, 했다니까." 그런 이야기들. 일상의 풍경을 되새기는 이야기들. 함께 있었던 사람하고만 나눌 수 있는 이야기들. 나는 다인이 이번에야말로 찾아냈구나, 생각했다. 잠든 다인의 헝클어진 머리카락을 가만히 넘겨주었다. 다인이 내가 모르는 표정으로 웃었다.

"재영아, 이번 달 월세 부쳤어?"

출근을 하던 다인이 문득 현관에 멈춰 서서 물었다. 다인은 옷장에서 본 적 없는 날렵한 재킷과 실크 블라우스, 펜슬 스커트를 입고 있었다.

"아니, 부치려고 했는데 집주인한테 먼저 문자가 왔어."

"월세 올려달라고?"

"응."

"얼마나?"

"많이."

잠깐, 다인의 시선이 내 온몸을 훑었다. 머리부터 발끝까지, 구석구석. 구두를 신은 채로 집 안으로 들어온 다인이 내 허리를 끌어안았다. 한 손은 등을 타고 올라왔고 다른 손은 파자마 속을 파고들었다. 다인의 무게에 나는 휘청 몸이 흔들렸다. 혹시 내가 울 것처럼 보였니?

"오늘 일찍 퇴근하고 올게. 다시 얘기하자."

다인이 열고 나간 현관문이 천천히 닫히는 동안 나는 수백개의 대화를 상상했다. 그동안 고마웠어. 우리 이제 그만하자. 각자 갈 길을 생각해보자. 오래 버텼잖아. 아무리 생각해도 우린 여기까지야. 무수한 이별의 장면들. 나의 목덜미에 닿은 다인의 입술은 다정하지 않았다. 침묵과 같은 입맞춤이었다.

6

___

노력과 재능 중에서
더 빛나는 건 어느 쪽일까

'언제나 모든 일을 열심히 하는 준이 멋있다고 생각해요.' 준은 팬레터에 적힌 말을 보면서 '열심히'라는 말의 자리에 '잘'이라는 말을 넣고 싶다고 생각했다. '언제나 모든 일을 잘하는 준.' 한국인 기숙사 룸메이트에게서 한글을 배웠다는 먼 나라의 팬에게는 미안하지만, 바꾸는 쪽이 더 마음에 들었다. 준은 열심히 하는 사람이 아니라 잘하는 사람이 되고 싶었다. 열심히 하는 건 노력이고, 잘하는 건 재능이니까. 노력은 누구나 할 수 있지만, 재능은 아무나 가질 수 없는 것이니까. 그렇다고 배웠다.

준은 유난히도 가혹한 평가자들을 만나왔다. 준의 부모는 격려와 재촉을 구분하지 못했다. 준에게 순간의 기쁨을 온전히 누리는 법을 가르치지 않았다. 또래 아이들보다 말이 조금 일찍 트이자 곧바로 웅변학원에 등록시켰다. 숫자를 빨리 세면 주판을 사주었고, 한글을 익히자 벽 한쪽을 세계문학전집으로 채웠다. 아마 걸음마를 뗐을 때에도 엉덩이를 두드리며 "이제 곧 뛸 수 있을 거야"라고 말하지 않았을까 준은 생각했다. 준에게 무언가를 할 수 있게 된다는 것은 다음 단계로 나아가는 과정일 뿐이었다. 부모가 준에게서 새로운 점을 발견할 때마다 준은 마음이 조급해졌다. 그래도 부모의 휴대폰 벨소리였던 모차르트를 흥얼거리자 피아노를 사준 것은 다행이었다.

다행이었나. 제로캐럿의 준이 될 수 있었던 건 그 덕분이었지만 그렇기 때문에 또한 다행이 아니기도 했다. 제로캐럿의 준, 뭐든지 열심히 하는 준이 되었으니까. 준의 부모는 피아노를 구입하면서 피아노 교습소의 수강신청서도 작성했다. 피아노 교사는 예민하고 의심이 많은 사람이었다. 한 페이지짜리 악보를 서른번 연주하는 과제를 매일 내주었는데 한번도 준을 믿지 않았다. "정말 서른번 맞니? 정확히 세었어? 그러면 이렇게 칠 리가 없는데. 서른번이나 쳐본 곡을 어떻게 이렇게밖에 못 치니?" 준은 플라스틱 자로 손등을 맞았고, 의자 없이 바닥에 무릎을 댄 채로 피아노를 쳐야 했다. 그 사실을 뒤늦게 알게 된 준의 부모가 항의하자 교사는 울음을 터뜨렸다. "준희는 더 잘할 수 있는 애예요. 너무 아까워서, 제가 욕심이 나서 그랬어요."

교습소의 문을 열고 나오면서, 준의 부모는 준에게 물었다. "준희야, 너 정말 열심히 했지? 최선을 다해 노력했지?" 준은 고개를 끄덕였지만 스스로가 의심스러웠다. 더 열심히 했다면 더 잘할 수 있었을까. 그랬다면 교사의 의심도, 부모의 걱정도, 스스로에 대한 의문도 없었을까. 나의 최선은 뭐지. 어디까지가 최선인 거지. 준은 교습소를 그만둔 뒤에도 집에서 피아노를 연습했다. 한 페이지짜리 악보를 서른번, 오십번, 백번씩 연습했다. 언제까지가 연습이고 언제부터가 연주인지 모를 만큼. 그럴 때면 준의 부모는 준에게 들리지 않게 조심하면서, 그러나 충분히 주의하지는 않는 목소리로 서로에게 속삭였다. "재능이 있는 거 같긴 한데, 그때 그래도 더 가르쳤어야 하지 않을까요. 혹시 우리가 잘못 선택한 건 아닐까요." 준은 일부러 건반을 잘못 눌렀지만 부모는 알아채지 못했다. 잘하지 못하는 건 열심히 하지 않아서인가. 얼마나 열심히 하는 게 정말 열심히 한 걸까. 최선의 노력은 재능에 도달할 수 있을까. 재능에 도달하지 못하는 노력은 어떻게 되는 걸까. 준은 그 답을 알지 못해서 노력하는 것이 두려워졌다.

준은 노력을 하지 않으려고 노력했다. "우리 애는 도통 무심해서" "준희는 워낙에 욕심이 부족해서" "너는 별로 좋아하는 게 없는 애라서" 그런 말을 들으며 자랐다. 말수가 적어졌고, 표정이 단순해졌다. 그러다 다인을 만났다. 다인이야말로 뭐든지 열심히 하는 아이였다. 저게 최선이구나, 저렇게 하는 게 노력이구나, 그런 걸 알게 하는 아이. 다인은 전학 온 첫날, 반 아이들의 이름을 전부 외우고 다음 학기에는 반장이 되었다. 성격도, 성적도 주변의 부러움을 샀다. 늘 바쁘게 움직여서 깡충하게 올려 묶은 머리카락이 힘이 넘치는 어린 짐승의 꼬리처럼 분주하게 살랑거렸다.

준과 다인은 키가 비슷해서 체육시간에 곧잘 짝이 되었다. 하나뿐인 배드민턴 네트를 쓸 차례를 기다리기 위해 운동장 구석 그늘에 나란히 앉아 있다가 준은 저도 모르게 노래를 흥얼거렸다.

"너 노래 잘하는구나. 무슨 노래야?"

다인을 보고 있으니 떠오른 노래였다. 준은 당황했지만, 아무렇지 않은 듯이 대답했다.

"그냥 내가 만들어서 부르는 노래야."

"네가 만들었다고? 멋지다."

다인의 동그랗게 커지던 눈을 기억한다. 그건 준이 처음으로 느낀, 무언가를 잘하고 있다는 감각이었다. 또한 잘하고 싶다는 욕구였다. 찬란한 순간이었다. 그리고 동시에 아득한 나락이었다. 준은 자신의 노래가 다인의 귀에 가닿지 못하고 흩어지는 순간을 상상했다. 준은 깨달았다. 초라해지는 거였다. 재능에 도달하지 못하는 노력은, 초라해지는구나.

"네가 노래를 불러줘서 나도 너에게 보여주고 싶은 게 있어."

준의 방에서, 다인은 언젠가 준이 좋아한다고 말했던 외국 가수의 노래에 맞춰 춤을 추었다. 춤이 끝나고 다인이 말했다. "내가 만든 춤이야, 어때? 나는 춤추는 걸 좋아하거든." 준은 다인이 수학선생님이 될 거라고 생각했다. 수학을 잘하니까. 한 문제도 틀리지 않으니까. "나는 춤추는 걸 좋아해." 그렇게 말하는 다인은 즐거워 보였다. 혼자 보기는 아까운 춤이라고 다인을 설득했다. 얼굴이 보이지 않게 올린다는 조건으로 춤을 추는 다인을 찍어 인터넷에 올렸다. 준의 말을 증명하듯 동영상은 빠르게 퍼져나갔다. 조회수가 백만이 넘었을 때, 메일이 왔다. 아이돌 그룹을 준비하는 회사인데 소속 연습생이 될 생각이 있느냐는 제안이었다. '제 아이디로 올렸지만, 춤을 춘 건 제 친구예요. 메일은 친구에게 전달하겠습니다.' 답장을 보냈더니 다시 메일이 왔다. '그럼 혹시 그 동영상에서 노래를 따라 부르는 분이세요?'

연습실에서 지유와 재키를 만났다. 초등학생 때부터 연습생 생활을 해왔다는 두 사람은 다인과 준에게 친절했다.

넷이 동갑내기였는데 유독 지유가 언니 같았다. "처음엔 새로운 애들이 오면 엄청 경계했거든. 내 자리를 뺏을 거 같고, 아니면 적당히 하다가 그만둬서 괜히 마음만 싱숭생숭하게 할 거 같고. 그래서 말도 안 걸고 무시하고 그랬어. 그런데 그런 거 다 소용없더라. 내 자리가 정해져 있었던 적도 없고, 어쩌면 내가 먼저 그만두게 될지도 모르는 거고."

재키는 지유와 떨어지면 큰일이라도 나는 것처럼 항상 옆에 붙어 있었다. 교포 2세인 재키는 한국에 살고 있는 친척집에 잠시 들렀다가 이전 회사 캐스팅 매니저의 눈에

띄어 연습생 생활을 시작했고, 그 회사에서는 데뷔하지 못한 채 방출되었다고 했다. 지유는 부모의 권유로 연습생이 되었다고 했다. 재키는 세번째, 지유는 네번째로 회사를 옮겨 연습생 생활을 하고 있었다. 둘은 회사에서 마련해준 원룸에서 함께 생활했는데, 말도 글도 서툰 재키를 지유가 보모처럼 보살피고 있었다.

 "하던 것만 해서는 살아남을 수가 없는 세상이야. 요즘 아이돌은 만능이어야 하거든." 사장은 다인과 지유에게는 연기 수업을, 재키와 준에게는 작곡 수업을 권했다. 중국어와 영어를 배웠고, 성대모사와 시사상식을 익혔다. 연습생 생활을 시작한 지 1년이 지났을 때 드디어 팀 이름이 생겼고, 루비나가 합류했다.

 루비나는 준이 작곡 수업 과제로 만든 노래를 듣자마자 준의 손을 덥석 잡았다. "너 천재 아니니? 나 이 노래 정말 좋아. 언제 완성해? 나 꼭 들려줘." 준은 며칠 밤을 새우며 노래를 완성했다. 완성한 뒤에 곧바로 들려주지 않고 루비나가 다시 물어볼 때까지 기다렸다. "혹시 저번에 그 노래 어떻게 됐어?" 루비나가 물었을 때에서야 마치 잊고 있었다는 듯이 노래를 들려줬다. 그 노래가 라스트 러브였다.

제로캐럿의 준은 모든 걸 잘했다. 노래를 부르고, 춤을 추고, 작곡을 했다. 무대 퍼포먼스를 구성했으며 뮤직비디오 아이디어를 내기도 하고 앨범 재킷에 들어갈 사진도 찍었다. '준은 진짜 준비된 아이돌 아니냐. 못하는 게 없잖아, 완벽해.' '진짜 만능이다, 만능. 아이돌 안 했으면 어쩔 뻔했어.' '준이 있어서 제로캐럿의 팬인 거에 완전 자부심 느끼잖아.' 하루를 마치고 숙소에 돌아오면 루비나가 게시판에 올라온 글을 읽어주었다. 다인은 준을 바라보며 웃었고, 지유와 재키는 준의 주변을 빙글빙글 돌며 박수를 쳐주었다. 다섯명의 제로캐럿일 때는 모든 게 완벽했다. 다인에게, 루비나에게, 지유에게, 재키에게 무엇이 어울리는지 준은 잘 알았다. 제로캐럿에 어울리는 노래를, 춤을, 무대를 만들 수 있었다. 팬들처럼, 어쩌면 팬들보다도 더 팬의 마음으로, 준은 제로캐럿을 좋아했다.

"너 나 싫어하잖아."

준은 마린을 보지도 않고 "아닌데"라고 대답했다. 곧 콘서트가 시작될 것이다. 그토록 기다렸던, 제로캐럿의 첫 번째 단독 콘서트. 이 중요한 순간에 마린과 입씨름을 하고 싶은 생각은 없었다. 하지만 마린은 그냥 넘어가지 않았다.

"아니긴 뭐가 아니야. 지난 2년 동안 네가 나한테 보였던 태도를 생각해봐. 팬들도 다 아는데 너만 모른다고? 아니라고?"

지난 2년, 네 명의 제로캐럿. 준은 열심히 했지만 잘할 수 없었다. 지유와 재키는 탈퇴 소식을 전할 때도 함께였다. "준, 너한테만 먼저 말하는 거야. 특히 다인한테는 절대로 말하지 않았으면 좋겠어." 눈물을 흘린 건 뜻밖에도 재키가 아니라 지유였다. "넌 왜 항상 가장 주목받는 부분은 다인에게 맡겼니? 내가 무대 중앙에 서 있을 때도 카메라는 항상 다인만 따라갔어. 광고 촬영도, 드라마 출연도 다 다인 위주야. 내가 더 먼저 시작했는데도. 내가 더 열심히 하는데도."

준은 지유의 그 말이 잊히지 않았다. 언제나 다섯명의 제로캐럿을 사랑한다고 말하면서도 자신도 모르는 새에 마음이 기울어 있었던 걸까. 지유의 노력보다는 다인의 재능에게로.

"콘서트 시작 1분 전, 리프트 상승 20초 전에 인트로 음악 시작합니다."

예정에 없던 콘서트였다. 단독 콘서트를 해본 적은 없지만 이런 식으로 준비하는 게 아니라는 건 충분히 알 수 있었다. 이유가 있을 거라고 생각하자 답은 간단히 나왔다. 지유와 재키가 탈퇴했을 때와 마찬가지겠지. 계약서에 적힌 숫자들이 비로소 현실로 느껴졌다. 다인은 재계약을 할 것이다. 얼마 전에 새 드라마 대본을 받았다고 들었다. 마린은 다른 숫자가 적힌 계약서를 갖고 있을 것이다. 루비나와 자신만이 유효하지 않은 계약서와 함께 남을 것이다. 준은 이제 다시는 새로운 계약서를 쓰지 않으리라 다짐했다.

마린 때문이었다. 마린이 합류한 뒤로 회사는 다섯명의 제로캐럿이 부르던 노래들을 네명의 제로캐럿이 부르도록 수정하라고 요구했다. 준이 내키지 않은 마음으로 수정한 노래들을 마린은 끝까지 듣지도 않고 싫다고 말했다. "나쁘지는 않아, 자세히 설명하라고 하면 미안하지만 잘 못하겠는데 그냥 이상해. 차라리 원래대로 하고 이 부분만 조금 바꾸면 어때?" 마린의 지적은 옳았다. 준과 마린은 네명의 제로캐럿에 대한 모든 부분에서 의견이 달랐고 언제나 마린이 옳았다. 마린이 무심히 던지는 말들이 준의 발목을 잡았다. 저게 진짜 재능이구나. 준은 마린을 위한 노래를 만들고 싶었고, 영원히 만들 수 없을 거라는 걸 알았다.

"나는 내가 하는 일을 무시하는 사람과 잘 지내고 싶은 생각이 없을 뿐이야."

마린과 눈을 마주치고 싶지 않아 고개를 떨군 곳에 루비나의 손이 있었다. 준은 그 손을 잡았다. 다른 한 손으로는 다인의 손을 잡고 싶다고 생각했다. 다인아, 부르려는데 다인의 목소리가 들렸다. 마린과 루비나 너머의 다인. 멀리 떨어져 있지 않다고 생각했는데 다인의 말을 잘 알아들을 수 없었다. "뭐라고? 잘 안 들려." 다인을 향해 외치는 사이 리프트는 무대 위로 네명의 제로캐럿을 올려놓았다. 준은 생각했다. 오늘은 제로캐럿의 처음이자 마지막 콘서트이고 절대로, 절대로 망치고 싶지 않다고. 꼭 잘해내고 싶다고. 그리고 그뒤에 다인에게 해야 할 말이 있다고.

너 그리고 나

파인캐럿

알 수 있었어 널 본 순간 뭔가 특별하다는 걸
눈빛만으로도 느껴지니까 마음이 움직이는 걸

새롭게 시작해볼래 너 그리고 나
사랑을 동경해 앞으로도 잘 부탁해
모아둔 마음을 주겠어 그리고 나
마냥 기다리진 않을래

여자친구, '너 그리고 나'

밤의 학교에는 낯선 서늘함이 있다. 공간을 가득 메우던 사람의 온기가 없다는 것만으로는 설명할 수 없는, 정체를 알 수 없는 누군가가 끈질기게 지켜보고 있는 것 같은 서늘함. 준희는 비상구 표지등 불빛을 따라 조심스럽게 계단을 올랐다. 입학해서 지금껏 수도 없이 잡았을 난간이 손에 닿는 느낌마저 한없이 낯설었다. 몇시간 전에 이 계단을 뛰어 내려가 매점으로 갔었는데, 그 사실이 믿기지 않을 정도였다. 3층 과학실에서 필름 카메라로 기념사진을 찍고 나오는 것. 그것이 준희가 받은 미션이었다.

과학실이라니. 이건 정말 너무 상투적이잖아. 졸업식 전날 밤 학교에 숨어들어서 추억쌓기를 빙자한 담력테스트를 하고 있는 입장에서 상투적이니 아니니 따질 것도 없긴 했지만. 게다가 준희는 사실 이 상투적인 상황이 좋았다.

"졸업하는 선배랑 추억 하나 만들자고, 어때?" 수빈은 사진부의 오랜 전통이라는 둥 하나뿐인 선배의 졸업식인 데 후배들이 이런 것도 못 해주느냐는 둥 협박과 애원을 섞어가며 준희와 다인, 지은을 한참 어르고 달랬다. "자정 에 교문 앞에서 만나자, 알았지?" 수빈이 마지막으로 제안 했을 때, 재영여고 사진부원 셋명은 더이상 부장의 말을 거스르지 않고 얌전히 고개를 끄덕였다. 수빈은 한번 마 음이 동하면 절대 멈추는 법이 없었고, 그런 수빈을 잘 아 는 셋은 사실 처음부터 거절할 생각이 없었다. 그저 어린 아이처럼 조르는 수빈의 모습이 귀엽기도 해서 곧바로 승 낙을 하는 대신 조금 두고 본 것이었다.

"정해진 장소에 가서 최대한 예쁘게, 웃으면서, 사진을 찍어올 것! 그리고 내일 이 선배님의 졸업식에 현상한 사진을 인화해서 액자에 담아 가져오시오. 덤으로 그 사진이 심령사진이기까지 하다면 너무 좋겠네. 우리 학교에 전해 내려오는 귀신 이야기가 못해도 스무가지는 넘는 것 같은데, 한분 정도는 모시고 사진을 찍을 수 있다면 좋겠어요."

지각한 사람도 없이 자정에 맞춰 교문 앞에 모인 부원들을 향해 수빈이 명랑하게 설명했다. "준희는 과학실, 다인이는 도서실, 지은이는 미술실이야. 셋 다 아주 고전적인 장소지. 당연히 사연들도 하나씩 있고. 나는 체육관에서 기다릴게. 다들 미션을 완료하고 체육관에서 만나자고."

청소 당번을 나누듯이 장소를 지정해준 수빈이 먼저 교문 옆의 낮은 담장을 훌쩍 뛰어넘었다.

"이왕 이렇게 된 거 그냥 빨리 끝내자. 수빈 선배 하자는 대로 안 해주면 귀찮게 굴잖아."

다인이 수빈의 뒤를 이어 담장을 넘었고, 지은 역시 그 뒤를 따랐다. 다들 은근히 즐기고 있는 거 아냐? 준희로 말하자면 즐기고 있는 것이 사실이었으므로, 망설임 없이 담장을 넘었다. 수빈은 벌써 운동장 저 끝까지 달려가 까만 점이 되어 있었고, 방향이 같은 다인과 지은은 산책 나온 사람들처럼 느긋하게 걷고 있었다. 준희는 교문에서 가장 가까운 별관 문을 통해 과학실로 갈 생각이었다. 보통은 자물쇠도 걸고 경비시스템도 가동되지만 졸업식을 몇시간 앞둔 오늘은 새벽부터 시작될 준비를 위해 모든 잠금이 해제되어 있는 날이었다. "일년에 한번밖에 오지 않는 기회지." 의기양양하게 말하던 수빈의 얼굴이 떠올랐다. 학교 건물 곳곳에는 졸업을 축하하는 빨간 종이꽃이 붙어 있었다. 화룡점정이군. 준희는 괜히 꽃 한송이를 툭 쳤다.

준희는 어릴 때부터 모험이 좋았다. 모험이라고 불릴 만한 일을 한 적은 없지만. 모험이 좋다고 생각만 해도 무언가 해낼 수 있는 사람이 된 것 같았다.

수빈이 모바일 메신저로 비밀번호들을 보냈다. 과학실 비밀번호는 과학선생님 생일. 도서실 비밀번호는 교장선생님 아들 생일. 미술실 비밀번호는 반 고흐의 기일. 체육관 비밀번호는 20180209, 평창 동계올림픽 개막일. 담당 선생님들의 취향이 묻어나는 비밀번호였다.

'도서실 도착.'

'미술실도 도착.'

'체육관은 이미 도착한 지 오래.'

띠롱띠롱 메시지들이 도착했다. '과학실도 지금 도착.' 준희가 전송 버튼을 누르는 순간, 과학실 문이 열렸다.

"어?"

"왜 네가 왔지?"

"어어?"

당황해서 제대로 말도 잇지 못하는 준희에게 문을 연 사람이 재차 물었다.

"왜 수빈이가 아니라 네가 왔어?"

모르는 사람의 입에서 아는 이름이 나오자 그제야 숨이 제대로 쉬어졌다.

"수빈 선배 친구 분이세요?"

교복을 입고 있어서 명찰을 보니 초록색, 3학년이었다.

어두워서 이름은 잘 보이지 않았다.

"수빈 선배는 체육관에 있어요. 제가 과학실 담당이에요."

"과학실 담당? 개구리나 해골 같은 거 챙겨 가면 되니?"

"아뇨, 사진을 찍어야 하는데."

준희는 목에 걸고 있던 카메라를 보여주었다. 아무리 선배 친구여도 초면에 반말은 좀 별로라고 생각하면서. 친구는 맞겠지? 사실 귀신인 거 아닐까?

"사진 같이 찍으실래요?"

두 사람은 과학실 칠판 앞에서 사진을 찍었다. 서로를 한장씩 찍어주고, 교탁 위에 카메라를 올려두고 타이머를 맞춰서 둘이 함께 한장을 찍었다.

"오늘 수빈이한테 고백하려고 했는데. 내일이면 졸업이잖아. 입학할 때부터 수빈이를 좋아했거든. 졸업하고 나면 다시 못 볼 수도 있으니까. 그리고 졸업식에 맞춰서 하는 고백은 어쩐지 로맨틱하니까. 그런데 네가 오는 바람에 계획 실패야. 수빈이가 체육관으로 갈 줄은 몰랐네. 당연히 과학실로 올 줄 알았는데."

"왜요?"

"걔보다 내가 예쁘니까."

"네?"

"그런데 도서실에는 왜 두 사람이 갔니?"

"어, 아닌데. 한명씩 갔는데."

"걔네 둘이 사귀나보다. 나중에 확인해봐, 뭔가 핑계를 댈 테니까. 난 이만 가봐야겠다. 수빈이도 안 오는데 여기 있어서 뭐 하겠니. 너도 이제 가봐야 하지 않니?"

기다렸다는 듯이 띠롱띠롱, 알림음이 울렸다.

'어디야, 송준희. 왜 안 와.'

'이러다 졸업식 시작하겠네.'

'우린 미션 다 끝냈어. 너 아직도 못했어?'

'너 진짜 귀신 만났냐?'

'아니, 나 수빈 선배 친구 만났는데.' 그렇게 전송하고 나니 같이 있던 사람은 사라지고 없었다. 선배에게 갔나. 체육관에. 오늘 고백하는 건가. 선배가 받아주려나. 나도 수빈 선배 좋은데. 관심도 없었던 사진부에 가입한 것도, 용돈을 모아 필름 카메라를 산 것도, 한밤중에 몰래 학교에 숨어들어온 것도, 다 수빈 선배를 좋아하기 때문인데. 선배는 이제 졸업을 하고, 고백을 받는 건가. 내 고백이 아니라 다른 사람의 고백을.

준희가 별관 건물 밖으로 나오자 다인과 지은이 기다리고 있었다.

"선배는?"

"몇 시간 뒤에 졸업식에 참석하셔야 될 분이 계속 널 어떻게 기다려. 집에 가셨지. 우리도 얼른 가서 현상하자. 선배한테 사진 인화해서 주려면 바빠. 지은이네 집에 암실로 쓸 수 있는 방 있대. 지은이는 카메라만 가져오고 필름을 안 감아 왔더라. 우리 둘만 빨리 하면 되겠어."

"그래, 가자. 그런데 너희 둘 사귀니?"

준희의 말에 지은이 크게 딸꾹질을 했다. 다인이 당황하지 않은 척하며 말했다. "몰랐어?"

부모님이 여행을 가셨다는 지은의 집 다락방에서 사진

을 현상했다. 다인은 총 다섯장을 찍었는데 그중 두장은 책장 사이에 서 있는 다인이었고, 세장은 도서실 곳곳이었다. 세장 중 한장에 지은의 그림자가 찍혀 있었지만 준희는 모른 척하기로 했다. 아니 그보다 어떻게 저 각도에서 혼자 전신사진을 찍어왔냐고. 김다인, 허술하다 허술해.

"안타깝게도 귀신을 찍은 사람은 없고, 그나마 예쁘게 찍히지도 않은 것 같고. 미션 실패네, 실패야." 다인이 투덜거리며 현상된 필름을 건넸다. 준희가 이어서 약품에 필름을 담갔다. 과학실 칠판 앞에서 찍은 독사진, 그리고 수빈의 친구를 찍은 사진, 함께 찍은 사진. 세장이 나와야 하는데 상이 맺히는 건 준희의 독사진 한장뿐이었다.

"넌 그렇게 오래 있더니 왜 사진을 한장밖에 못 찍었어?"

"이상하다. 거기서 수빈 선배 친구 만나서 같이 찍었는데. 이 사진도 그분이 찍어주신 거야."

"무슨 소리야. 딱 봐도 교탁에 올려놓고 찍은 각도구만."

다시 보니 과연 그랬다. 수빈의 친구와 함께 찍겠다고 교탁 위에 카메라를 올려두고 찍은 사진이었다. 하지만 사진 속에는 준희뿐이었다. 준희는 가슴이 두근거렸다. 진짜 모험을 해버리고 말았다는 사실보다 그럼 수빈은 누구의 고백도 받지 않았겠다는 생각 때문에. 이어서 '귀신조차도 좋아할 수밖에 없는 사람이로군' 그런 생각이 들었다. 그리고 그런 생각을 하는 자신이 너무 웃겨서 웃음이 나왔다.

　"어, 맞아. 내가 헷갈렸다. 얼른 인화해서 선배 가져다주자."

　사진을 주면서 무슨 말을 해야 할지 고민하면서, 준희는 이제부터가 진짜 모험이라는 생각을 했다.

7

———

그런 사랑이 있을까

마린은 단번에 온리마린을 발견했다. 도망치고 싶었지만 그럴 수 없었다. 마린은 무대 위에 서 있었다. 제로캐럿의 콘서트는 이제 막 시작했고, 팬들의 환호성이 점점 커졌다.

처음 온리마린을 알게 된 건 라디오 생방송을 마치고 주차장으로 가는 길에서였다. 팬레터와 선물을 든 팬들이 마린의 뒤를 따라왔다. 팬들에게 인사를 하고 돌아서는데 온리마린이 마린의 머리카락을 뽑았다. 실수였으리라고 생각했다. 이대로 헤어지는 게 아쉬워서 손을 뻗었겠지.

마린이 모델로 활동했던 운동화 브랜드의 론칭쇼 현장에서 온리마린은 마린의 볼을 꼬집었다. 너무 놀라서 비명조차 지를 수 없었다. 인파 속에서 뻗어 나온 손이 온리마린이라는 걸 본능적으로 알 수 있었다. 대학 축제 축하공연을 하러 갔을 때는 천막으로 만든 임시 대기실에서부터 화장실 앞까지 따라왔다. 그리고 매니저와 경호원들이 막아도 아랑곳하지 않고 마린을 향해 외쳤다. "최마린 사랑해! 사랑한다고! 대답해! 대답하란 말이야!"

사랑이라고 했다.

마린은 콘서트에 집중할 수가 없었다. 사인회장에서 테이블 아래로 손을 뻗어 마린의 발목을 붙잡았던, 온리마린의 뜨거운 감정이 마린의 온몸을 향해 화살처럼 날아와 꽂히는 것 같았다.

그게 사랑이라면 그런 사랑에는 도대체 뭐라고 대답을 해야 하는 걸까.

마린은 안무를 두번 틀렸고, 1절과 2절의 노래 가사를 바꾸어 부르기도 했다. 정해진 안무 없이 무대 위를 자유롭게 움직여야 할 때에는 온리마린이 있는 방향을 피해서 반대편으로만 움직였다. 준과 루비나가 듀엣 무대를 하는 동안에도 숨을 돌릴 수가 없었다. 대기실 소파에 멍하니 앉아 있었다. 마린이 솔로곡을 불러야 할 차례가 다가오고 있었다. 무대 위에 혼자 서는 게 두려웠다. "괜찮아?" 다인이 물었다. 마린은 대답 대신 다인이 건네준 물병을 받았다. 손이 자꾸만 떨렸다.

파인캐럿은 스탠딩 B구역 82번으로 입장했다. 콘서트장에 입장하기 위해서는 소지품 검사를 통과해야 했다. 진행요원들이 가방은 물론 옷 주머니까지 꼼꼼하게 검사했다. 디지털 카메라, 캠코더, 녹음기가 압수되었다. 휴대폰에는 촬영금지 스티커가 붙었다. 파인캐럿은 자신보다 줄의 앞쪽에 서 있는 온리마린을 주시했다. 온리마린은 콘서트장에 어울리지 않는 커다란 등산가방을 메고 있었다. 계절에 맞지 않는 점퍼에는 주머니도 여럿이었다. 진행요원들은 물론 제로캐럿의 매니저까지 온리마린에게로 다가갔다. 온리마린은 순순히 가방을 내놓았고 점퍼는 아예 벗어서 건네주었다. 팬들의 시선이 몰렸다. 온리마린이 누구인지 모르는 제로캐럿의 팬은 없었다. 온리마린의 가방에서는 마린의 사진이 인쇄된 현수막과 생수 한병, 제로캐럿의 공식 팬클럽 가입 선물인 야광봉이 나왔다. 점퍼 주머니에는 지갑과 휴대폰뿐이었다. 매니저는 현수막 크기가 너무 커서 곤란하다며 압수하겠다고 말했다. 온리마린은 별일 아니라는 듯이 고개를 끄덕였다. 그 모습이 파인캐럿의 눈에는 어쩐지 의기양양하게 보였다.

스탠딩 B구역은 무대 오른쪽에 위치하고 있었다. 멤버들이 항상 무대 왼쪽부터 순서대로 고정된 위치에 자리했기 때문에 B구역에는 마린과 준의 팬들이 대부분이었다. 파인캐럿은 계속해서 온리마린을 살폈다. 불안했다. 공연장 입구에서는 진행요원들에 매니저, 경호원들까지 나서서 소지품 검사를 하고 있었지만 공연장 안으로 들어오니 여기저기에 카메라 렌즈들이 보였다. 도대체 어떻게 숨겼는지 짐작도 가지 않는 커다란 카메라도 있었다. 그렇다면 온리마린이 검사를 피하지 못할 이유도 없었다. 온리마린은 B구역 두번째 줄 끄트머리에 서 있었다. 마린을 가장 가까이에서 볼 수 있는 자리였고, 당연하게도 마린 옆에 설 준에게서도 멀지 않았다. "송준희, 죽여버릴 거야." 온리마린의 목소리가 파인캐럿의 귓가를 떠나지 않았다. 파인캐럿은 여덟번째 줄 자신의 자리에서 조금씩 앞으로 이동했다. 다행히 다른 팬들이 자리를 바꿔주었고 덕분에 어느새 온리마린의 바로 뒤에 설 수 있었다.

왜 이렇게 불안한 걸까. 정말로 무슨 일이 생기지는 않겠지. 파인캐럿은 만약, 만약을 위해서라고 스스로를 다독였다. 그리고 아직 텅 빈 무대를 바라보았다. 다섯명의 제로캐럿이었다면, 그랬다면 파인캐럿이 바라보는 바로 그 자리에는 재키가 서게 될 거였다. 그래도 한번쯤은 다시 무대 위의 재키를 볼 수 있지 않을까. 제로캐럿의 재키를. 파인캐럿은 갖지 않았다고 생각했던 욕심이 자신의 마음속에 아주 오래 전부터 계속 존재하고 있음을 인정했다. 콘서트를 보러 오지 말았어야 했다는 생각이 들었다.

저마다 자기가 가장 좋아하는 멤버의 이름을 외치는 팬들 사이에서 파인캐럿은 쓸쓸해지지 않을 자신이 없었다.

콘서트 시작까지는 30분이 남아 있었다. 공연장 안은 사람이 점점 많아진 데다가 뜨거운 조명까지 있어 땀이 날 정도로 더웠다. 파인캐럿은 가방에서 물병을 꺼냈다. 물을 얼려와 다행이었다. 주변에 있는 팬들에게 초콜릿도 나눠주었다. 온리마린에게도 건넬까 하다가 말았다. 그래, 온리마린도 마린의 팬인데. 그래서 여기 이렇게 마린을 기다리고 있는데, 설마. 파인캐럿은 땀을 흘리며 무대를 바라보고 있는 온리마린을 보며 불안한 마음을 다독이기 위해 라스트 러브의 후렴구를 흥얼거렸다.

마린이 솔로곡 무대를 위해 대기실을 비운 사이, 다인은 팬 게시판에 접속했다. 데뷔한 지 얼마 되지 않았을 때에는 종종 게시판에 글을 쓰기도 했는데 지유와 재키가 탈퇴한 뒤로는 접속도 처음이었다. 아무래도 마린이 객석을 신경 쓰고 있는 것 같았다. 공연장 입장을 기다리는 팬들의 기대와 티켓을 미처 구하지 못한 안타까움 사이에 온리마린의 글이 있었다. 다인은 온리마린이 누구인지 알 것 같았다. 준에게서 들은 적이 있었다. 준은 회사에 몇번이나 그 사람을 제대로 막아달라고 말했었다. 퉁명스럽게 굴지만 준이 마린을 좋아한다는 걸 다인은 알고 있었다. 마린과 처음으로 녹음실에서 같이 노래를 불렀을 때, 마린을 보던 준의 눈빛은 언젠가 교복을 입고 춤을 추던 다인을 볼 때의 그것이었으니까.

듀엣 무대를 마치고 의상까지 갈아입은 루비나와 준이 대기실로 들어왔다.

"조심해, 오늘."

"뭘?"

"아니, 그냥. 중요한 날이니까."

"마지막이라서?" 준의 목소리가 떨리고 있었다.

"알고 있었어?"

"마지막인데 내가 실수할까봐 걱정이 되니?"

네가 두려워하는 건 그거구나. 다인은 준에게로 다가가

준의 손을 잡았다. 넌 잘하고 있어, 그리고 언제나 잘했어, 넌 너무 멋있어, 난 네가 좋아. 그런 말들을, 너에게 하지 않은 지 오래되었구나. 다인은 그렇게 말하지 않았다. 말할 수가 없었다. 입을 열면 소리 내어 울어버릴 것 같았다. 그냥 계속 준의 손을 잡고 있었다. 루비나가 다가와 다인과 준의 잡은 손 위로 자신의 손을 포갰다.

"고마워, 고마웠어. 너희들, 우리, 제로캐럿. 이제 가자, 다 모여서 불러야지."

이제, 제로캐럿의 콘서트는 단 한곡 라스트 러브가 남아 있었다.

네명의 제로캐럿이 부르는 라스트 러브의 첫 소절은 준이 불렀다. 다섯명의 제로캐럿이었을 때는 지유가 부르던 부분이었다. 준은 마린이 부르는 것으로 편곡했지만, 마린의 의견으로 준이 부르게 되었다. 마린은 준이 바보 같다고 생각했다. 다른 멤버들에게 무엇이 어울리는지 잘도 알면서 왜 자신에게 잘 어울리는 건 모르는지. 마린은 준의 목소리로 시작하는 라스트 러브가 좋았다.

"혹시 아직 기억하고 있는지. 내 이름을, 우리의 이름을."

어두운 무대 위에 네명이 나란히 서 있다가 준이 노래를 부르며 한걸음 앞으로 나서자 조명이 환하게 켜졌다. 그리고 마린이 비명을 질렀다. 무대 위에 한 사람이 더 있었다. 온리마린이었다.

파인캐럿은 어둠 속에서 움직이는 온리마린을 쫓았다. 온리마린은 스탠딩 구역 앞쪽에 설치된 펜스를 넘고 무대 아래에 있던 스피커를 밟고서 무대 위로 올라갔다. 연습이라도 한 것처럼 빠른 몸놀림이었다. 라스트 러브의 전주가 흐르고 있었다. 무대도 객석도 어두웠다. 조명이 켜지면 경호원들이 달려오겠지만 너무 늦을 것 같았다. 파인캐럿은 온리마린의 뒤를 따라 무대로 올라갔다. 제로캐럿 멤버들이 눈앞에 있었다. 오늘, 이렇게 가까이에서 볼 수 있을 줄은 몰랐는데. 파인캐럿은 온리마린의 손에 들린 물병을 보았다. 가득 채워진 물병은 뚜껑이 열린 채였다. 이렇게 더운데, 저렇게 땀을 흘리면서도 물을 마시지 않더니, 설마.

콘서트 내내 온리마린이 과녁을 겨누듯이 시선을 떼지 않고 있었던 사람이 자신이 아니라 준이었음을, 마린은 그제야 알았다. 마린은 온리마린과 준 사이로 뛰어들었다.

"비켜! 비키라고!"

온리마린이 소리쳤지만 마린은 움직이지 않았다. 파인 캐럿은 조심스럽게 온리마린과 자신의 거리를 가늠했다. 다섯, 여섯, 여섯걸음. 여섯걸음이면 닿을 것 같았다. 온리마린은 마린을 향해 비명처럼 무언가를 외치고 있었다. 잘 들리지 않았다. 노래, 노랫소리 때문이었다. 라스트 러브가 멈추지 않고 흐르고 있었다. 마린은 흔들림 없이 준의 앞을 막아서고 있었다.

셋. 이제 딱 세걸음이면 온리마린에게 닿을 것이다. 파인캐럿은 몸을 날려 온리마린을 제압하는 자신의 모습을 떠올렸다. 안심하는 마린, 기뻐하는 멤버들, 객석에서 환호하는 팬들, 다시 재개되는 콘서트. 제로캐럿의 처음이자 마지막 콘서트. 재키가 없는 제로캐럿의 콘서트.

왜 눈물이 났을까. 하필 그 순간에.

온리마린이 들고 있던 물병을 들어 자신의 입으로 가져갔다. 파인캐럿은 온리마린에게로 달려들었다.

노래는 계속 이어졌다. 노랫말 사이에 팬들은 좋아하는 멤버의 이름을 넣어 부르곤 했다. 김다인 사랑해, 이수빈 사랑해, 최마린 사랑해, 송준희 사랑해. 파인캐럿도 목이 터져라 외치던 때가 있었다. 홍재영 사랑해, 제로캐럿 사랑해. 그렇게 외쳐야만 한다고 믿었던 사랑. 그런 사랑들.

그 시절 우리가 사랑했던 우리

파인캐럿

잊지 마

우리가 우리였던 날의 눈부심과

그 안에 그림처럼 나란했던 두 사람

정말 꿈보다 꿈같잖아

그 시절의 너와 나

걱정 마

우릴 잃은 계절이 슬프진 않도록

그대를 조각조각 모아 간직할 거야

안녕 이제는 뒤돌아가

내일 만날 것처럼

러블리즈, '그 시절 우리가 사랑했던 우리'

너의 청첩장에는 네가 좋아하는 유칼립투스 잎사귀가
붙어 있다. 직접 꽃시장에 가서 골랐다고 했다. 마른 뒤에
도 색이 변하지 않는 둥근 잎사귀는 추억을 상징한다고,
네가 나에게 알려주었다. 아주 오래전에.

나는 미색의 종이에 찍힌 너의 이름을 가만히 쓸어본
다. 너의 이름에서는 온도가 느껴지는 것 같다. 어떤 부
분은 뜨겁고, 어떤 부분은 차갑다. 그건 내가 기억하는 너
의 이름이다. 어떤 날 뜨겁게 붙잡고, 어떤 날 차갑게 묻
었던.

"축하한다고 안 해?"

"축하해. 축하하지. 그럼."

언젠가 우리는 이런 날에 대해 이야기했다. 우리의 삶에 지금까지는 가본 적 없었던 새로운 길이 나타나는 순간을. 지금까지의 우리와는 전혀 다른 너와 내가 되는 것을. 나는 "어쩔 수 없다"고 말했고, 너는 "슬프겠다"고 했다. 그때의 우리는 축하하고 축하받는 일에 대해서는 생각하지 못했다.

너의 결혼식에는 너를 축하하기 위해 너를 사랑하는 많은 사람이 모일 것이다. 너의 친구들이 사회를 보고 들러리를 서고 축가를 부른다. 그리고,

"언니가 축사를 해줬으면 좋겠어."

나는 고개를 끄덕인다. 너는 활짝 웃는다. "기쁘다"고 말한다.

너의 결혼식은 아홉시간 뒤에 시작된다.

나는 이제 너에게 보내는 마지막 편지를 써야 한다. 미

루고 미뤘지만 피할 수 없던 일이다. 너를 향한 마음을 담겠지만, 내 진심을 다할 수는 없다. 읽을 수 있을 만큼만 써야 하니까. 너에게 우는 얼굴을 마지막으로 기억되고 싶지는 않으니까.

서랍 속 깊숙이 넣어두었던 낡은 일기장을 꺼낸다.

너를 알게 된 순간부터 나의 일기장은 매일 밤 너에게 쓰는 편지로 채워졌다. 네가 있다는 것만으로 나의 하루가 그전과 어떻게 달라졌는지, 너의 말 한마디와 눈빛 한 번이 나에게 어떤 의미인지, 네가 어떤 때 스치듯 보여주었던 표정을 내가 얼마나 오래도록 곱씹으며 그 속에 담긴 의미를 알아차리기 위해 노력하는지. 사실은 너에게 하지 않아도 되는 말들. 그저 나를 위해서 하는 말들을. 수도 없이 적었다. 지치지도 않고 적었다. 그렇게 나의 말이 된 우리의 기억들은 가끔 지나치게 또렷해서 전부 거짓말처럼 느껴지기도 했다.

그날 점심시간에, 너는 운동장 끝 등나무 그늘 아래 나무벤치에 앉아 있었다. 옆에는 지은과 준희가 있었고, 셋이서 춤을 추는 다인을 보고 있었다. 셋만이 아니었다. 거의 모든 학생이 다인의 춤을 보고 있었다. 교실 창문 너머로, 운동장 곳곳에서, 수많은 눈들이 다인의 춤을 흘깃거리고 있었다. 그런데 나는 너만 보였다. 박수를 치며 웃고 있던 그날의 네가 아직도 눈앞에 있는 것처럼 생생하게 떠오른다. 등나무 덩굴 사이사이로 비쳐들던 햇빛과, 장마가 오기 전 물기 없이 건조한 초여름의 공기. 이름 모르는 새소리와 뒤섞이던 너의 웃음소리.

"재들 또 밥도 안 먹고 저러고 있네."

"아는 애들이야?"

"밴드부 후배들."

같은 반이었던 수빈에게서 너의 이름을 들었다. 그날부터 밴드부 연습실을 매일 기웃거렸다. 수빈을 보러 왔다는 핑계로 간식을 들고 연습실 안으로 들어간 적도 있었다. 너는 드럼을 쳤다. 연습실에서도 가장 구석에, 무대에서도 맨 뒤쪽에 있었는데도 너만 눈에 들어왔다.

네가 플라스틱 단지에 든 바나나맛 우유를 좋아한다는

것, 크림빵은 싫어하고 슈크림빵은 좋아한다는 것, 양말은 꼭 남색만 신는다는 것, 항상 걸고 다니는 목걸이가 있다는 것을 알게 되었다. 계절이 바뀌고, 연말 정기공연 준비로 밴드부가 한참 연습에 매진할 때 즈음엔 주변에서 다나를 밴드부 매니저로 여기고 있었다.

"매니저 언니, 나도 좀 챙겨줘요."

"너무 편애가 심한 거 아니에요?"

"특정 멤버만 챙기는 매니저는 각성하라, 각성하라!"

밴드부 아이들이 투정부리듯 이야기할 때면 나는 안절부절못했다. 자연스럽게 말을 돌릴 수도 없었고, 맞장구를 칠 수도 없었다. 지금 떠올리면 절로 웃음 짓게 되는 장면이다. 빨개진 얼굴로 자리를 피하는 나와 어리둥절한 표정으로 내 뒷모습을 바라보는 너.

너와 다인, 수빈, 지은, 준희는 밴드부 다섯개의 팀 중에 두번째 순서였다. 오프닝 무대는 졸업생들의 밴드가, 클라이맥스인 클로징 무대는 3학년들로 이루어진 밴드가 차지했다. 딱 한곡이었지만 너는 길을 걸으면서도 허공에 손가락으로 박자를 맞출 만큼 열심히 연습했다. 공연 전날은 너의 생일이었다. 나는 드럼스틱을 선물했다.

"언제나 고마워요, 언니."

"별 거 아닌데 뭐. 내일 공연 잘해. 응원할게."

그때 내 가방 속에는 너에게 쓴 편지가 들어 있었다. 여전히 내 일기장 맨 뒷장에 꽂혀 있는 노란 봉투. 하지만 너의 집 앞 가로등 밑에서 너와 마주 섰을 때, 나는 영원히 그 편지를 주지 못할 것을 알았다. 네가 내 눈을 피하지 않고 똑바로 바라보고 있었는데도. 우리의 그림자가 한참을 나란히 서 있었는데도. 나는 내 자리가 어디인지 분명히 알았다.

무대 아래에서 바라보는 너는 아름다웠다. 공연은 성공적이었다. 앵콜 요청은 없었지만 꽤 큰 박수가 나왔다. 나는 밴드 멤버 다섯명 모두에게 꽃다발을 건넸다. 정말 좋았다고, 최고였다고, 몇번이고 말했다.

이제는 정말 써야 한다. 너에게 전할, 처음이자 마지막 편지. 내가 해야 할 첫마디는 정해져 있다.

재영아, 축하해.

"왜 신부대기실에 안 왔어? 재영이가 서운해하던데."

"가면 눈물 날 거 같아서."

"너도 참."

수빈이 내 어깨를 툭 치며 손수건을 건넸다. "미리 받아둬. 내 생각엔 네가 이따가 꼭 울 것 같으니까."

단상에 선 준희가 하객들에게 착석해달라는 안내 멘트를 시작했다. "잠시 뒤에 식이 시작될 예정이오니 식장에 계신 하객 여러분께서는 자리하시어 식을 함께해주시기 바랍니다." 그 목소리가 카운트다운처럼 들렸다.

밴드의 노래가 시작될 때면 재영은 드럼스틱을 맞부딪쳐 "하나, 둘, 셋" 신호를 주곤 했다. 우리끼린 그걸 카운트다운이라고 불렀다.

식장 안이 어두워지고, 네가 걸어갈 길로만 밝은 빛이 쏟아졌다. 나는 주머니 속에 있는 한장의 종이를, 그 위에 적은 나의 마음을, 그리고 결국 적지 못한 채 영영 접어둔

빛바랜 나의 마음을 모두 구겨버리고 싶었다.

"오늘의 주인공, 가장 아름다운 신부가 입장하겠습니다. 큰 박수 부탁드립니다."

네가 밉다. 문이 열리고, 빛을 받으며 걷는 너를 보는 순간 네가 밉다고 생각했다. 너는 내 마음을 모르지 않을 것이다. 모를 수가 없었을 것이다. 그런데 너는 나에게 이런 날을 보게 한다. 내 입으로 마지막을 말하게 한다.

그런데 네가 너무 아름다워서, 아름다운 너를 볼 수 있어서, 나는 다행이라고 생각한다.

"축가와 축사를 할 친구 분들이시죠? 이쪽으로 오세요."

직원의 안내를 따라 너에게로 가까이 간다.

내가 졸업하고 난 뒤 밴드에 들어왔다는 마린이 수빈과 축가를 부른다. 준희가 작곡한 노래다. 너는 허공에 손가락으로 박자를 맞춘다. 드럼을 치듯. 그러다 문득 축가를 부르는 두 사람 뒤에 서 있던 나를 발견한다.

너와 눈이 마주치는 순간, 나는 내가 해야만 하는 말을 알고 있다.

"재영아, 축하해."

네가 입 모양으로 대답한다. 고마워.

이 사랑이 첫사랑은 아니지만
너와의 사랑은 처음이어서

천희란

2015년 가을에 조우리를 처음 만났다. 아이돌 걸그룹 f(x)의 정규 4집 앨범인 「4 Walls」 발매 몇주 후의 일이었다. 조우리가 기획한 단편소설 낭독 행사였는데 나는 그해 발표한 데뷔작으로 행사에 참여했다. 행사 전후로 계속 f(x)의 신보가 들려오기에 물었더니, 조우리가 f(x)의 팬이어서 그렇다고 했다. 나도 f(x)의 노래를 좋아한다고 했던가, 「4 Walls」가 진짜 미친 앨범이라고 했던가. 잘 기억은 나지 않지만 f(x)로 시작된 이야기는 우리가 사랑한 SM 엔터테인먼트 출신 아이돌에 대한 대화로 옮겨갔다. 그랬다. 서로의 최애가 정확히 일치하진 않았지만, 우린 SM의 '처돌이'였다. 조우리는 내가 『라스트 러브』 연재 당시의 열혈 독자이기 때문에 이 책의 발문을 맡기고 싶다고 했다. 그러나 나는 안다. 조우리는 내가 H.O.T.의 공식 팬클럽이 탄생하기 전부터 방송국에 다녔고, 록밴드 이브의 비공식 팬카페 운영자였으며, 십대 시절 팬픽을 쓴 적이 있다는 사실을 염두에 두지 않을 수 없었으리란 것을. 그런 내게 자격이 있다고 생각했으리라는 것을. 동의한다. 나는 이 책의 발문을 쓸 자격이 있다.

몇년 전 등촌동 SBS 공개홀 앞을 지난 적이 있다. 지금은 공개홀 앞에 지하철 9호선 가양역이 있지만, 1996년에는 5호선 발산역에서 내려 공개홀까지 한참을 걸어야만 했다. 익숙해지기 전까지 그 길이 무척 멀고 복잡하게 느껴졌는데, 스마트폰 지도를 켜놓고 보니 아주 가깝지는 않아도 딱히 찾아가기 어려운 길은 아니었다. 그 시절엔 콘서트 티켓을 사려고 제일은행 앞에서 영업 시작을 기다리며 밤을 새웠는데, 성능 좋은 컴퓨터 앞에서 티켓 판매 시작을 기다리는 지금의 팬들을 보면 덥고 춥지 않아서 다행이라는 생각이 든다. 작년에는 완전체로 복귀한 이브의 콘서트를 보러 갔는데, 풍선 대신 응원봉을 들고 헤드뱅잉 대신 그 응원봉을 흔드는 게 도무지 적응이 되지 않았다. 예전에는 공개방송 입장권을 받으려고 아침부터 영풍문고 본점에 가서 줄을 서고 점심으로는 광화문 교보문고의 멜로디스에서 햄버거를 먹었는데, 그런 건 어떻게 바뀌었는지 모르겠다. 이런 데서도 세상이 참 많이 변했구나 하다가, 엄마가 가수 최성수를 너무 좋아해 갓난애인 나를 안고 호텔에서 하는 콘서트인지 디너쇼인지를 보러 갔다던 이야기가 떠올랐다. 엄마 말에 따르면 앞줄에서 갓난애를 안고 있는 엄마를 본 최성수가 다가와 나를 안아준 적도 있다고 한다. 1980년대의 일이다.

십대들의 전폭적인 사랑을 받아 크게 성공하고, 그들에

게 영향을 미치는 스타를 본격적으로 '아이돌'이라 일컫기 시작한 건 서태지와 아이들 등장 이후의 일이지만, 이전 세대에도 그렇게 사랑받는 연예인들이 있었다. 그리고 사랑을 표현하는 방식은 달랐지만, 그들을 열렬히 사랑하는 팬도 존재했다. 대체 그 사랑의 정체가 무엇이었을까. 음악을 듣거나 패션을 따라 하고 팬레터를 쓰는 정도야 그럴 수 있다 치더라도, 친구나 애인이 될 수 있는 것도 아니고 그들이 나에게 주는 건 좋은 음악과 볼거리가 전부인데, 어째서 부족한 것 없어 보이는 사람들에게 돈과 시간을 바치는 게 아깝지 않았던 걸까. 저마다의 사정이 있을 테니 단정할 수 없지만, 적어도 내게 그 사람들은 불행한 십대를 버틸 수 있게 한 존재였다. 그들은 손에 닿지 않는 먼 곳에 있었고, 그래서 나는 내가 보고 싶은 방식대로 그들을 봤다. 현실에서 내가 사랑하는 사람은 내 사랑을 거부하기도 하지만, 그들은 나를 사랑하지 않아도 내 사랑을 거부한 적은 없었다. 거부당하지 않는 사랑, 그 사랑이 부족하거나 과하다 말하지 않고 언제나 고맙다고 답해주는 사람. 그런 사랑이, 그런 사람이, 내 삶에 들어와 있는 게 좋았다. 그런 사랑과 사람이 시간이 흘러도 변하지 않도록, 저버리지 않도록, 그렇게 팬질이라는 걸 했다. 하지만 돌이켜보면 더 중요한 것이 있었다. 바로 그 마음을 함께 나눈 사람들.

지금은 팬픽을 쓰거나 읽지 않지만, 좋아하는 연예인을 주인공으로 쓰는 팬픽이란 것이야말로 그들을 둘러싼 온갖 감정이 집적된 사랑의 결과물 중 하나가 아닐까 생각하곤 했다. 팬픽은 주인공이 된 당사자에게 전달되는 것을 목적으로 하지 않고, 그들을 나와 같은 마음으로 사랑하는 사람들과 나누기 위해 만들어진다. 팬픽을 쓰고 읽는 팬들에게 스타는 그들이 세상에서 가장 아름답다고 생각하는 배우이고, 팬들은 자신이 보거나 읽고 싶은 아름다운 이야기에 그 배우를 캐스팅하는 것이다. 이는 마음에 드는 이야기 속 주인공의 자리에 자신이 좋아하는 스타를 위치시켜보는 것과는 질적으로 다른 종류의 경험이다. 왜냐하면 팬들 사이에는 스타의 캐릭터가 현실에서 갖는 디테일——설령 미디어와 기획을 통해 만들어진 이미지로서의 그것이라 해도——에 대한 합의가 있고, 때문에 팬들은 그 이야기 안에서 설명된 것보다 훨씬 더 큰 감정의 진폭을 느낄 수 있기 때문이다. 팬픽을 쓰고 읽는 사람들은 그러한 공감의 지대에 함께 머물며 다른 방식으로는 얻을 수 없는 동질감과 소속감을 느낀다. 그리고 그 소속감을 부여해준 대상의 더욱 드라마틱하고 특별한 삶을 상상하며 자신들만의 세계를 확장해간다. 7년째 데뷔하지 못한 연습생의 팬이 그를 자신이 쓴 팬픽에 재벌 2세, 벤처기업 사장, 왕, 신과 같은 것으로 출연시킨 소설 속 일화를 떠올려보면 될 것이다.

물론 국내 연예 엔터테인먼트 시장의 실태는 연예인과 팬덤의 관계를 낭만적으로 볼 수만은 없게 만든다. 시대에 따라 각기 다른 형태로 돌출되어온 엔터테인먼트 시장의 문제에는 굴지의 엔터테인먼트 회사의 횡포와 비윤리적 경영, 여성 연예인을 대상으로 한 성착취, 근래 화제가 된 남성 연예인들의 성범죄와 같은 일뿐 아니라, 팬덤

자체가 갖는 폭력성도 포함되어 있다. 조우리가『라스트 러브』를 여성 아이돌 그룹 "제로캐럿"의 이야기와 그들의 열성 팬인 "파인캐럿"이 쓴 팬픽을 교차하는 방식으로 구성한 이유도 거기에 있을 것이다. 이 소설은 파인캐럿의 팬픽에 담긴 애틋한 사랑과 섬세한 성장 서사로 말미암아, 처음이자 마지막 단독 콘서트를 앞두고 제로캐럿이 마주하고 있는 냉혹한 현실에 더욱 주목하게 만든다. 그리고 이때 묘사되고 있는 제로캐럿 멤버들의 감정, 즉 자신의 꿈을 실현해나가기 위해 필요에 따라 쓰고 버려지는 시장에 주체성을 내맡길 수밖에 없는 딜레마, 너무 일찍 사회인으로서의 정체성을 부여받아 그 세계에 갇혀버린 막막함, 대중의 사랑을 받기 위해 대중의 위협에 노출될 수밖에 없는 현실적 불안, 끝없는 자기 증명에 대한 강박과 재능에 대한 열패감 등은 아이돌들의 직접 증언을 받아 쓴 현장 리포트로 보이기까지 한다. 서정적이고 아름다운 팬픽으로 제로캐럿을 자신이 창조한 존재처럼 다룰 수 있는 파인캐럿 또한 팬이라는 현실의 자리에서는 다른 팬들의 괴롭힘에 시달리고, 가장 좋아하던 멤버 재키가 없는 제로캐럿을 향한 애정의 정체에 대한 질문에서 자유롭지 않다.

그러나 『라스트 러브』가 아이돌과 그들을 향한 팬들의 충성스러운 사랑을 낭만화하는 것을 경계하고 있다 하더라도, 이 소설의 목적이 아이돌을 중심으로 형성된 엔터테인먼트 시장의 모순을 비판하거나 고발하려는 것은 아닌 듯 보인다. 오히려 이 소설은 쇼 비즈니스의 세계를 철저히 자본에 의해 작동하는 거대한 환영으로만 치부할 때, 그 안에서 잊히고 소외되는 현실이 있다는 사실을 조명하는 데 더욱 집중한다. 환영이 환영이라는 사실을 깨달았음에도 끝내 사라지지 않을 때, 환영은 환영인 그 자체로 현실의 일부가 된다. 이미 현실의 조각들을 아무런 이질감 없이 잇고 있는 환영의 풍경을 어떻게 이해하고 받아들여야 할 것인가. 조우리가 『라스트 러브』를 통해 말하고 싶었던 것은 바로 그런 질문이 아니었을까. 보석의 질량을 재는 단위인 캐럿 앞에 제로를 붙인 그룹명이 상징하는 바는 명확해 보이지만, 동시에 제로라는 숫자 뒤에 반드시 보석의 질량을 재는 단위가 붙어야 했던 이유도 이렇게 해명할 수 있을 것 같다.

이쯤에서 팬픽 문화 안의 동성애에 관해서도 짧게나마 말을 보태야 할 것 같다. 작품 속 파인캐럿이 쓴 일곱편의 팬픽은 모두 레즈비언 서사로 구성되어 있다. 팬픽 문화가 활발해진 이후, 일찍이 팬픽의 서사 상당이 동성애 중심으로 전개되는 양상에 대한 진단과 연구가 있었고, 성소수자 담론이 대중적으로도 비교적 활발해진 근래에는 팬픽이 성소수자의 삶과 성애를 호모포빅한 시선으로 대상화해왔다는 비판도 등장했다. 이를 여러 관점에서 살피고 비판적인 담론을 전개해나가야 한다는 데에 동의하지만, 반드시 짚어두고 싶은 사실이 하나 있다. 그것은 여기에 실린 일곱편의 팬픽 속 인물 중 누구도 자신과 타인의 성적 지향을 질문하거나, 그 사실 때문에 현실 세계와 불화하지 않는다는 점이다. 그들은 오직 사랑, 사랑에 의해서만 환희하고 아파하고 절망한다. 설령 그것이 우리가 살아가는 실제 현실에서는 거의 불가능한 일일지라도, 나는 이 작품 속 팬픽이 우리에게 그런 이야기를 읽을 권리가 있다는 사실을 말해주고 있다고 생각한다.

문학 관련 행사로 함께 지방에 내려갔다가 서울로 올라오는 차 안에서 조우리에게 디제이 역할을 맡긴 적이 있다. 그녀는 평소 자신은 음악을 자주 듣지 않을뿐더러, 아는 음악도 많지 않다고 했던 것이 무색하게 시대와 국가를 초월한 여성 가수들의 노래를 줄곧 틀어댔다. 내 마음속에 여성 아이돌과 남성 아이돌이 공존하는 것과 달리, 조우리의 마음속에는 온통 여성 아이돌뿐이다. 지금까지 이 소설에 대해 그럴싸한 분석 몇줄을 써보려 애를 썼지만, 진짜로 하고 싶었던 이야기는 따로 있었다. 내 눈에 이 소설은 조우리가 지금껏 사랑했고, 또 앞으로 사랑할 여성 아이돌과 그들의 팬 모두를 위한 거대한 팬픽으로 보인다는 것. 이게 나의 가장 솔직한 소감이다. 소설의 마지

막에 배치된 팬픽 「그 시절 우리가 사랑했던 우리」 속 '나'
의 존재가 누구일지, 그 자리가 누구를 위해 마련된 자리
였을지는 굳이 내가 말하지 않아도 될 것이다.

『라스트 러브』는 조우리의 첫 책이다. 모든 작가에게
첫 책이 갖는 의미의 무게가 가볍지 않다는 걸 알기에, 조
우리라는 작가와 작품을 진지하게 다루고 싶었다. 그런데
수정과 보완을 거친 원고를 끝까지 읽고 난 뒤에 머릿속
에 남은 건 어떻게든 이 책을 많이 팔아봐야겠다는 생각
뿐이었다. 나는 부디 이 책이 한국의 수많은 여성 아이돌
과 그 여성 팬들의 바이블이 되기를 빈다. 여성 아이돌들
이 SNS에 이 책을 인증하고, 천부씩 구매해 팬들에게 선
물하면 좋겠다. "인세 1억 넘기면 나 해외여행 보내줘요."
나는 조우리에게 말했고, "리조트 회원권 끊어드릴게요."
조우리는 답했다. 조우리의 『라스트 러브』는 그럴 자격이
있다. 혹여 추후에라도 내 자격에 변동이 생기지 않도록
우리가 나눈 대화를 여기에 기록해둔다.

2015년 가을에 조우리를 처음 만났다. 그날 조우리는

내게 갓 발매된 f(x)의 네번째 정규앨범 「4 Walls」를 선물했다. 이 책의 출간을 준비하는 2019년 가을에 f(x)는 데뷔 10주년을 맞았고, 동시에 멤버인 엠버와 루나가 계약종료로 소속사를 떠났다. 다섯번째 정규앨범은 아직까지 나오지 않았고, 앞으로의 활동 전망은 불투명하다. 조우리는 내내 약간의 슬픔에 잠겨 있다. 하지만 마냥 기대할 수도, 기대를 버릴 수도 없이 살아온 여돌 사랑의 긴 역사를 돌아볼 때, 조우리는 언젠가 다시 새로운 사랑에 빠질 것이 분명하다. 그리고 f(x)를 만난 뒤에도 여전히 S.E.S.를 사랑했듯이 f(x)에 대한 사랑 또한 영원히 현재형이리라는 것도. 그런 확신 속에서, 나는 그저 조우리가 그들을 사랑하는 것만큼 조우리도, 조우리의 작품도 뜨겁게 사랑받기를 기도할 뿐이다.

千憓瓓 | 소설가

너에게 돌아오는 그동안에 수없이 망설인 것 같은데

벌써 다 늦어버린 것은 아닐까

이름을 불러줬을 땐 나도 모르게

널 끌어안아버린 것 같아

많이 기다렸지? My love 너와 내 집으로

너무 그립던 너의 곁으로

그 약속들이 모인 자리

다녀왔어 My friend 시간을 건너

서로의 마음이 결국 다시 만난 길

그 오랜 비는 멎어 있는 걸

S.E.S., 'My Rainbow'

모니터 속 파란 화면을 기억한다. 아직 20세기였던 때,
아날로그 신호를 디지털로 바꿔준다는 모뎀의 신호음이
전화선을 타고 이어지는 동안 내가 수없이 읽고 쓰던 흰
글자들도. 내가 쓴 최초의 소설이 팬픽이었던 것은 내가
사랑을 쓰고 싶은 사람이기 때문이라고 생각한다. 그리고
나의 첫 책이 사랑을 이야기하는 것이어서 기쁘다.

2017년 봄에 이 소설을 연재하면서 사랑의 모양에 대해
자주 생각했다. 표현하기 때문에 존재하는 사랑의 모양

들. 때로는 둥글고 때로는 날카로운. 그리고 그 사랑이 향하는 곳에 무엇이 있는지에 대해서도. 가상의 아이돌 걸그룹 멤버들의 이야기와 그들의 팬이 쓴 팬픽, 팬픽에 어울리는 K-POP이 교차하는 설정은 〔문학3〕의 '3×100'이라는 기획 덕분에 쓸 수 있었다. 연재를 제안해주신 기획위원들과 연재를 함께했던 박주용 편집자에게 고마운 마음을 전하고 싶다. 연재 때와 달리 책에서는 본편의 결말을 고치고 세편의 팬픽을 새로 썼다. 이 책을 위해 고민하고 애써주신 이선엽 편집자와 창비 편집부에 감사드린다. 연재 중에는 마음을 담은 조언으로, 책에는 귀한 글로 응원을 보내준 천희란 소설가에게 존경과 우정을 보낸다.

연재가 끝나고 두번의 큰 수술을 했다. 오래 병실에 누워 있었다. 자다 깨서 채혈을 하고 다시 잠들지 못해 뒤척이던 새벽마다 이 소설에 달린 댓글들이 큰 힘이 되었다. 읽어주는 사람이 있다는 믿음은 나를 쓰는 사람으로 살고 싶게 했다. 나를 소개할 때는 꼭 소설가라고 말하는 가족들과 내 소설의 안부를 묻는 친구들, 쓰는 일을 나누는 동료들, 늘 첫번째 독자가 되어주는 서동미에게 내가 사랑이라고 부르고 싶은 모든 마음을 전한다.

그동안 내가 바라보았던 무대 위의 사람들을 떠올려본다. 그 빛나는 재능과 남다른 매력을. 지나가버릴 것이 분명한 순간들을 함께하고 있다고 믿었던 애틋한 마음을. 내가 목격한 찬란함을 증언하지 않고는 견딜 수 없었던 절실함을. 그 마음을 간직하고 오래도록 바라보는 일에 대해 생각한다. 그리고 쓰고 싶다. 계속.

2019년 가을

조우리

라스트 러브

초판 1쇄 발행 / 2019년 10월 30일

지은이 / 조우리
펴낸이 / 강일우
책임편집 / 이선엽
조판 / 한향림
펴낸곳 / (주)창비
등록 / 1986년 8월 5일 제85호
주소 / 10881 경기도 파주시 회동길 184
전화 / 031-955-3333
팩시밀리 / 영업 031-955-3399 편집 031-955-3400
홈페이지 / www.changbi.com
전자우편 / lit@changbi.com

ⓒ 조우리 2019
ISBN 978-89-364-3805-0 03810